Emily Bold

Ein Kuss in den Highlands

Roman

AF140518

Ein Kuss in den Highlands

Charlotte hat alles, was sich eine Frau erträumt. Einen Job, den sie liebt, einen erfolgreichen Mann an ihrer Seite, und - zu ihrer größten Überraschung - die begehrenswerteste Hochzeitslocation Londons. Doch mitten in den hektischen Hochzeitsvorbereitungen sorgt eine unerwartete Erbschaft für Turbulenzen, denn das Haus in den schottischen Highlands weckt ungeahnte Sehnsüchte.

Und dann ist da noch Matt, der keine Gelegenheit auslässt, sie aus der Fassung zu bringen. „Finde dich selbst" fordert der Schotte von ihr. Aber was weiß der schon?

Autorin

Emily Bold lebt mit ihrer Familie in einem idyllischen Ort in Bayern mit Blick auf Wald und Wiesen - äußerst ruhig und inspirierend. Sie schreibt Romane für Erwachsene und Jugendliche.

Emily Bold

Ein Kuss in den Highlands

Roman

Zweite Auflage 2017

http://emilybold.de

Herstellung und Verlag: BoD - Books on Demand, Norderstedt

ISBN 13: 978-3-7357-9495-6

Kapitel 1

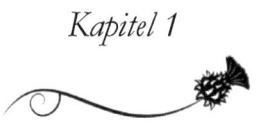

London

„Sehen Sie sich nur diese außergewöhnliche Pinselführung an. Eine derartige Härte und Klarheit im Duktus sieht man selten. Der *Nachtfalter* ist eines der wenigen Gemälde, das man schon nach dem ersten Blick nie wieder vergessen wird."

Charlotte Finnegan trat einen Schritt zur Seite, um die dunkle Aura des Kunstwerks noch besser auf sich wirken zu lassen. Die junge Frau vor ihr – Sheryl – neigte den Kopf und vertiefte sich in die Betrachtung des Bildes, während ihr Begleiter – der erfolgreiche Anwalt Stanley Higgs – unauffällig auf sein Handy schielte.

„Ein großartiger Künstler. Er steht kurz vor dem ganz großen Durchbruch. Schon im nächsten Frühjahr werden wir hier in der Galerie eine Vernissage veranstalten – mit über dreißig seiner fantastischen Arbeiten", fuhr Charlotte an Sheryl gewandt fort. Sie suchte fieberhaft in ihrer Erinnerung nach Sheryls Nachnamen, aber da Higgs seine Frauen öfter wechselte als seine Unterwäsche, war sie sich unsicher. Um professionelle Freundlichkeit bemüht verkniff sie sich das Knirschen mit den Zähnen und wandte sich stattdessen an den lästigen Galeriebesucher. Sie bedachte den Anwalt mit ihrem engelsgleichen Lächeln, das sie in stundenlanger Feinarbeit vor dem Spiegel eingeübt hatte.

„Wie gefällt es Ihnen, Sir?"

Stanley Higgs nickte desinteressiert und schritt die rohe Betonwand weiter ab, die der Künstler für seine Exponate gewünscht hatte, weil sie hervorragend zur kühlen Ausstrahlung der Gemälde passte.

„Miss Finnegan ..." Er lächelte mit einem ebenso gelangweilten Gesichtsausdruck wie beim Betrachten der kostbaren Bilder. „... wie immer vertraue ich Ihrem Urteil vollkommen. Nur wird Sheryl für die Auktion ihrer Wohltätigkeitsorganisation ein Werk von ..." Er pulte sich etwas unter dem perfekt manikürten Fingernagel hervor und schnippte es achtlos beiseite. „... von sagen wir ... einem etwas bekannteren Künstler brauchen, um einen nennenswerten Erlös generieren zu können."

Er wandte sich von den außergewöhnlichen Werken ab, als hätte er nichts anderes gesehen als eine einfache Blumentapete.

Nicht knirschen!, rief sich Charlotte in Erinnerung und lächelte stattdessen noch eine Spur freundlicher. Sie strich sich über die streng nach hinten gedrehten Haare und richtete mit einem schnellen Handgriff ihren straff im Nacken sitzenden Dutt, ehe sie dem ungleichen Paar folgte. Der Anwalt war bereits über fünfzig, Sheryl vielleicht noch auf der Uni? Während Charlotte den Kopf schief legte, um ihre Theorie unauffällig genauer unter die Lupe zu nehmen, bemerkte sie das Vibrieren ihres Handys an der Empfangstheke. Leise und doch so drängend wie das Nörgeln ihres Personal Trainers jeden Morgen. Sie sah hinüber zur Theke, von wo aus ihr Rory, der Besitzer der Galerie, aufmunternd zuzwinkerte.

Higgs und sein Playmate stiegen die gläsernen Stufen zur Ebene für Kunstwerke aus der Renaissance hinauf, und Charlotte wusste, das würde noch eine ganze Weile so weitergehen.

Verdammter Higgs!

Charlotte gestattete sich nun doch ein leises Knirschen mit den Zähnen und einen kurzen Einbruch ihres Lächelns.

Dieser Kerl kaufte nie etwas. Er interessierte sich ja noch nicht einmal für die Malerei! Er führte nur Woche für Woche irgendwelche Weiber hier herum, um den großen Gönner oder den weltgewandten Kenner zu geben.

Wie sie von seinen letzten Besuchen wusste, war es ihm lieber, wenn sie sich von nun an etwas im Hintergrund hielt, damit er die hirnlosen Spatzen mit seiner Fachkenntnis beeindrucken konnte, die freilich so hohl war wie seine Liebesschwüre.

Ganze zwanzig Minuten und gefühlte hundert Dummbeutelsprüche später verabschiedete sich das Paar endlich.

„Miss Finnegan …", setzte Higgs zu seiner immer gleichen Rede an. „… es war mir wie üblich ein Vergnügen, Ihrem Sachverstand zu lauschen. Sie sind ein Juwel – womöglich der größte Schatz dieser Galerie, wenn ich das sagen darf."

Und wie immer neigte Charlotte daraufhin leicht den Kopf. Ein verlegener Dank für so viel Freundlichkeit. Das wurde erwartet.

„Sind Sie fündig geworden, Sir?", fragte sie, obwohl sie die Antwort bereits kannte.

„Die Auswahl ist groß, Miss Finnegan. Wir werden wohl einige Nächte … darüber schlafen müssen, ehe wir uns zum Kauf entschließen. Ich bin aber sicher … wir sehen uns bald wieder."

Charlotte war stolz auf sich. Sie spürte an ihren Wangen, dass ihr Lächeln perfekt saß, als sie wie zum Einverständnis nickte.

„Natürlich Sir. Da bin ich mir sicher."

Sobald die beiden aus der Tür waren, gab Charlotte ihrer Wut nach und knirschte laut und deutlich mit den Zähnen.

„Oh dieser …!" Ihre gute Erziehung ließ keine Schimpfworte zu, daher knirschte sie einfach ein weiteres Mal mit den Zähnen, was Rory zum Lachen brachte. Sie beeilte sich, die zehnfache Sicherheitsverriegelung der Eingangstür zu verschließen.

„Herzchen, du hast doch nicht etwa Angst, er könnte zurückkommen?", fragte Rory lachend, mit einem leichten Grunzen am Ende jedes Lachers, ohne sich am Schließen der Galerie zu beteiligen. Noch immer stand er hinter dem Tresen und betrachtete seinen nachtblauen Nagellack – der in Charlottes fachkundigen Augen dennoch nach einfachem Schwarz aussah.

„Nein, der kommt nicht so schnell wieder. Du hast ihn doch gehört: Er schläft erst mal ein paar Nächte darüber – also über Sheryl, und dann sehe ich ihn wieder –, aber dann sicher nicht mehr mit Sheryl!"

Rory lach-grunzte wieder.

„Was bist du doch für ein böses Mädchen, Charlotte! Den armen Mister Higgs so zu verunglimpfen!"

„Dann führ du ihn doch das nächste Mal herum!"

Rory winkte theatralisch ab.

„Vergiss nicht, Herzchen – du bist der größte Schatz der Galerie – nicht ich!"

Erst als das schwere Metallgitter vor den Fensterscheiben herabgelassen war, fiel ihr wieder ihr Handy ein. Und der permanent drängende Vibrationsalarm.

„Du bist ja heute sehr gefragt", kommentierte auch Rory die vielen Anrufe, die ihr der Blick auf ihr Display offenbarte.

„Siebzehn?", rief sie ungläubig „Siebzehn verpasste Anrufe? Das ist doch nicht zu glauben!"

Sie wischte durch die Anrufliste und schüttelte den Kopf.

Es musste etwas passiert sein, wenn Francis sie in einer Stunde siebzehnmal zu erreichen versuchte.

„Vielleicht hat ihm ein Kunde abgesagt, und er hätte Zeit für einen Quickie gehabt", schlug Rory breit grinsend vor.

„Unsinn! Wir reden hier von Francis!"

Von plötzlicher Angst ergriffen, es müsse wirklich etwas Schlimmes geschehen sein, wenn ihr beherrschter Freund so oft anrief, wählte sie seine Nummer.

„Richtig. Francis Colewell hat keine Quickies. Er ist ein Gentleman, dessen Liebesspiel allein aus Höflichkeit dir gegenüber bestimmt immer mindestens eine volle Stunde dauert." Er blickte zur Decke, als läge des Rätsels Lösung irgendwo dort oben. „Dann muss jemand gestorben sein!"

Charlotte schüttelte fassungslos den Kopf, aber noch ehe sie Rory erklären konnte, dass ihn ihr Liebesleben nichts anging und das alles kein bisschen lustig war, nahm Francis ab.

„Geht es dir gut?", fragte Charlotte nervös und biss dabei am Nagel ihrs kleinen Fingers herum, bis Rory ihr diesen ermahnend aus dem Mundwinkel zog.

„Natürlich. Was soll sein?", fragte Francis kühl, und sie hörte am Hupen, dass er unterwegs sein musste. Saß er in einem Taxi?

„Du hast mich in der letzten Stunde siebzehnmal angerufen! Ich mache mir Sorgen. Was ist denn los?"

„Ach das. – Dort vorne bitte links."

„Wie bitte?"

„Nicht du!"

Charlotte sah das Augenrollen, das diese Tonlage üblicherweise begleitete, direkt vor sich.

„Der Fahrer. Warum bist du nicht rangegangen?"

Charlotte wartete, dass Francis das Gespräch weiterführen würde.

„Charlotte!"

„Was? Ich?"

„Ja glaubst du denn, mich interessiert, warum der Taxifahrer nicht ans Telefon geht?"

Sein Ton wurde ungeduldig und bekam diese Spur von Herablassung, die Charlotte auf den Tod nicht ausstehen konnte. Als spräche er mit einem Kind.

„Dann entscheide dich doch endlich, mit wem du eigentlich sprichst", erwiderte sie nun ebenfalls etwas ungehalten.

„Halt! Ich steige hier aus."

„Aus dem Gespräch?"

„Charlotte, ich bitte dich! Sei nicht albern. Stimmt so."

Sie hörte die Tür zuschlagen und vermutete, dass er nicht das Gespräch gemeint hatte. Sie atmete genervt aus und ließ ihre Schultern dabei nach vorne sacken.

„Was soll schon gewesen sein, Francis? Ich bin noch in der Galerie", erklärte sie resigniert.

„Warum bist du dann nicht rangegangen?"

„Weil ich Kunden hatte."

Das kurze Schweigen in der Leitung kannte Charlotte bereits. Aber darüber brauchten sie nicht mehr sprechen.

Um das leidige Thema nicht wieder anzuschneiden, versuchte sie es versöhnlich.

„Ich mache mich jetzt auf den Heimweg. Was gab es denn so Wichtiges?"

„Wenn es wichtig gewesen wäre, wäre es nun sicher zu spät."

„Francis, bitte. Lass uns jetzt nicht streiten."

Schweigen. Dann ein Räuspern.

„Na schön. Stig Langley ist in der Stadt. Er hat eine neue Freundin – sie ist Model –, und er möchte uns miteinander bekannt machen. Wir treffen ihn um neun zum Abendessen im *Nikita*."

Charlotte hob überrascht die Augenbrauen und warf einen schnellen Blick auf ihre Armbanduhr. Es war kurz nach acht, und das Szenelokal befand sich am anderen Ende Londons. Sie unterdrückte ein Zähneknirschen.

„Wow, das ist …"

„Mach dich ein wenig zurecht. Ich bin in zwanzig Minuten bei dir."

„Ähhh, Francis, ich … du musst mich nicht abholen. Ich treffe dich dort. Ich beeile mich, ja?"

Nachdem Charlotte ihr Handy sinken ließ, bemerkte sie Rorys mitleidigen Blick

„Was ist los, Herzchen? Du siehst gestresst aus. Diese Falte da", er deutete zwischen ihre Augenbrauen, „wird sich noch eingraben, wenn du weiterhin so finster dreinschaust."

Ohne den gut gemeinten Ratschlag weiter zu beachten, kam Charlotte hinter die Theke, schob Rory beiseite und griff sich ihren Blazer und ihre Tasche.

„Ich muss gehen. Abendessen mit Stig." Sie zog eine Grimasse. „Findest du selbst den Ausgang?"

Rory nickte.

„Stig? Stig Langley? Oh, Herzchen, du bist wirklich der größte Glückspilz überhaupt!"

Charlotte schmunzelte. Rory war nach seiner eigenen Aussage bereits seit seiner Geburt in den attraktiven Fußballstar verschossen. Und als sie ihm erzählt hatte, dass Francis der beste Freund von Stig Langley war, hatte sich die Verliebtheit in Besessenheit verwandelt.

„Glaubst du, Francis würde es merken, wenn ich an deiner Stelle zum Dinner gehen würde?"

Charlotte lachte. „Wer weiß! Stig bringt seine Freundin mit – ein Model. Vielleicht fällt es Francis also wirklich nicht auf, wer neben ihm sitzt."

„Oh, Herzchen! Sei nicht dumm! Du könntest auch ein Model sein – nur bist du dazu viel zu klug. Wenn Francis seine Augen nicht bei dir lassen kann, dann kipp ihm einfach versehentlich einen Kaffee in den Schoß – dann ist dir seine Aufmerksamkeit gewiss."

„Ach Unsinn! Nur fürchte ich, dass unser Gespräch nicht gerade prickelnd sein wird."

Rorys grunzendes Lachen folgte ihr, als sie winkend in Richtung Ausgang hetzte. Kurz vor der Tür blieb sie jedoch noch einmal stehen, atmete durch, wandte sich nach rechts und trat vor die Betonwand mit dem *Nachtfalter*.

Anders als viele, die Kunst betrachteten, legte Charlotte dabei nie den Kopf schief. Der Künstler malte schließlich auch nicht auf einer schiefen Leinwand – und sie wollte es mit den Augen des Malers sehen.

Sie wusste, der Zeiger ihrer Uhr tickte unaufhörlich weiter. Sie würde unweigerlich zu spät zum Dinner kommen. Und doch nahm sie sich noch einige Herzschläge lang Zeit, sich in der geheimnisvollen Aura des *Nachtfalters* zu verlieren.

Kapitel 2

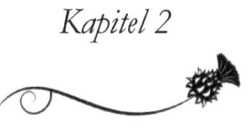

Das *Nikita* war erst vor wenigen Wochen eröffnet worden und war bereits jetzt dabei, sich zum angesagtesten Lokal Londons zu entwickeln.

Charlotte verstand nicht ganz, warum das so war, als sie sich durch die engstehenden Tische quetschte und dabei um Unauffälligkeit bemüht, leise Entschuldigungen murmelte.

Das Licht war in ihren Augen zu stark gedimmt, die Musik eine Spur zu laut, und in der Luft hing unangenehm stark der Geruch von Frittierfett.

„… und dann kam der Pass! Kein normaler Mensch hätte diesen Ball noch annehmen können, aber ich … ich geb alles, reiß das Bein hoch und zack! Rein in den Kasten!", hörte sie Stig prahlen, noch ehe sie den richtigen Tisch erreicht hatte. Sie ließ Francis und dem ihm gegenübersitzenden Model Zeit, ihre Bewunderung für Stigs sportliche Meisterleistung Ausdruck zu verleihen, ehe sie sich zu ihnen gesellte. Ganz gentleman-like erhob sich Francis, nahm ihr den Mantel ab und küsste sie auf die Wange. Während Francis ihr den Stuhl zurechtschob, umarmte Stig sie kräftig, als wären sie dicke Kumpel, die gerne einen zusammen tranken. Charlotte war froh, ihn abschütteln zu können, indem sie sich an seine neue Flamme wandte. Das Model, das sich als Summer – Summer Day - vorstellte, reichte ihr abschätzig die Hand.

Dieser Name war absolut lächerlich! Trotzdem lächelte Charlotte – das hatte sie ja schließlich den ganzen Tag getan.

Als alle wieder Platz genommen hatten, orderte Stig einen Champagner für sie. Francis beugte sich zu ihr: „Warum hast du nicht das Rote angezogen?", flüsterte er und deutete auf ihr schwarzes Kleid. „Ich hätte dich doch besser abholen sollen", murmelte er unwirsch und lachte sofort über einen von Stigs Scherzen, ohne Charlottes verblüfften Gesichtsausdruck zu beachten.

Zum wiederholten Male an diesem Tag verkniff sich Charlotte das Zähneknirschen und zerknüllte stattdessen die Serviette in ihrer geballten Faust.

Glücklicherweise kam in diesem Moment der Champagner, und so spülte sie ihren Ärger – oder war es schlicht Stress? - mit einem großen Schluck hinunter.

Der Abend verlief in etwa so, wie sie es sich vorgestellt hatte. Die Model-Freundin lachte über jeden von Stigs Witzen und wetteiferte beinahe mit Francis um die Gunst des Fußballgottes. Der wiederum zog ordentlich über seine Vereinskollegen vom Stapel, obwohl diese ebenfalls zur Spitze des Weltfußballs zählten. Mit jedem Glas, das die Männer leerten, wurden die Anekdoten zotiger, und Charlotte bekam allmählich Kopfschmerzen. Die vornehm-minimalistische Portion gegrillten Lachses in Wodkasoße hatte es nicht geschafft, ihren Hunger zu stillen, aber sie wollte auch nicht noch einmal über eine Stunde auf einen ebenso winzigen Nachtisch warten. Das Lokal war überfüllt, und die Küche schien nicht hinterherzukommen.

„Und dann ist er so doof, sich so kurz vor der Hochzeit mit der Hundesitterin im Bett erwischen zu lassen!", grölte Stig und fuhr sich dabei durch die gegelten Stoppeln. Summer hing lachend an seinen Lippen, und Francis schlug mit der flachen Hand auf den Tisch.

„Hör auf, das gibt's doch nicht!", rief er und schüttelte den Kopf.

„Doch! Genauso war es! Seine Verlobte kommt nach Hause und sieht seinen nackten Hintern sich auf und ab bewegen, weil er es der Kleinen mitten auf dem Teppich besorgt! Das steht morgen in allen Klatschblättern."

„Die Arme", beteiligte sich Charlotte erstmals am Gespräch, und Stig nickte.

„Stimmt! Er hätte ihr schon ein Bett bieten können, dafür, dass sie täglich seinen Köter und *anderes* streichelt", lachte er.

„Ich meine die Verlobte! Nicht die Hundesitterin!", rief Charlotte verärgert und lehnte sich mit verschränkten Armen in ihren Stuhl zurück. Ihr Kopfschmerz verstärkte sich.

„Charlotte hat recht!", ergriff Summer für sie Partei. „Die Verlobte kann einem echt leidtun! Nur drei Monate vor der Hochzeit alles absagen zu müssen! Ein Horror! Die Einladungen sind seit Wochen verteilt, und die Location im Grand Hotel ist seit über einem Jahr reserviert! Meine Schwester hat dort einmal angefragt – es ist die beliebteste Hochzeitslocation Londons, die während der Sommermonate schon Jahre im Voraus ausgebucht ist. Wenn das bekannt wird, beginnt ein Krieg! Jede Braut Englands wird versuchen, den Termin im Grand Hotel zu bekommen. Da heißt es schnell sein!"

„Was ist eigentlich bei euch beiden?", hakte Stig nach und zwinkerte Charlotte zu. „Tickt deine biologische Uhr nicht längst? Wenn ihr noch Kinder wollt … wie alt bist du, Charlotte? Fünfunddreißig?"

„Dreißig! Ich werde im Sommer dreißig – danke auch!", gab Charlotte zerknirscht zurück.

Francis lachte und küsste sie auf die Schläfe.

„Ich habe ja gesagt, du hättest das Rote anziehen sollen", zog er sie auf und wandte sich dann an Summer.

„Und du? Willst du Kinder?"

Sie nickte. „Ja, aber erst nach meiner Karriere. Es wäre Wahnsinn, sich vorher die Figur zu ruinieren. Also auf keinen Fall, bevor ich siebenundzwanzig bin! Und ich müsste den Mann schon ein Jahr kennen – also mindestens."

Charlotte verschluckte sich am Champagner und hustete. Francis klopfte ihr zuvorkommend auf den Rücken und schob die vielen leeren Gläser auf der Tischplatte etwas beiseite. Er neigte sich näher zu ihr hinüber.

„Denkst du, wir sind so weit?", fragte er und reichte ihr seine Serviette.

Ein Kind mit siebenundzwanzig und den Typen *mindestens ein Jahr kennen*? Wenn das der Plan war, dann ja! Dann waren sie beide längst überfällig.

„Und wie!", gab sie zurück und rieb sich die Schläfen. Ihr Kopf drohte zu platzen.

„Na dann! Nutzen wir unsere Chance und angeln uns die beliebteste Hochzeitslocation Londons!" Francis stand auf, hob sein Glas und schlug mit dem Messer kräftig gegen das Kristall, sodass gespannte Ruhe im ganzen Lokal einkehrte.

Er strich sich über die dunkle Krawatte mit der diamantbesetzten Nadel und sah erwartungsvoll auf Charlotte herab.

„Charlotte Finnegan … willst du meine Frau werden?"

Seine Stimme hallte laut bis in die hintersten Winkel, und er bedeutete ihr mit einem Wink, sich ebenfalls zu erheben.

Vollkommen unfähig, auch nur einen klaren Gedanken zu fassen, stand Charlotte wankend auf und sah in die vielen fremden Gesichter.

Hat er gesagt, dass er mich liebt?, ging es ihr durch den Kopf. Er muss es gesagt haben – das gehört sich so. Und immerhin war er Francis Colewell, ein Mann mit Manieren. Aber warum erinnerte sie sich dann nicht daran? Sie sah sich um. Einem Kellner stand der Mund offen. Erwartungsvolle Gesichter umgaben sie. War das Licht plötzlich heller? Vielleicht hatte er es gesagt, und sie war nur so überrascht gewesen, dass sie es überhört hatte?

„Charlotte?", riss Francis sie aus ihren Gedanken und fasste sie eindringlich an der Hand.

Natürlich. Er erwartete eine Antwort. Das war ja klar. Immerhin starrten sie alle an. Und warteten – genau wie er – auf ihre Antwort. Aber sie registrierte nur, dass sein silberner Manschettenknopf etwas zu klein für das Knopfloch war. Sie musste etwas sagen.

„Ja, … also …", presste sie heraus und wurde sofort von Summers gellendem „Sie hat *Ja* gesagt! Oh mein Gott – sie hat *Ja* gesagt" übertönt.

Francis schien dem Model dankbar zu sein für diese Kurzzusammenfassung und küsste Charlotte zufrieden vor aller Augen auf die Lippen. Der Kellner rief nach Champagner, und Stig schlug Francis anerkennend auf die Schultern.

„Der Wahnsinn, altes Haus!", jubelte er. „Jetzt halt dich aber von den Hundesitterinnen fern, sonst nimmt das noch ein böses Ende!"

Charlotte sank zitternd auf ihren Stuhl und wusste von dem Gefühl ihrer Wangen her, dass ihr Lächeln perfekt saß. Sie hatte allen Grund zu lächeln, denn sie hatten weder einen Hund – noch eine Hundesitterin. Und sie war immerhin keine siebenundzwanzig mehr.

Also nahm sie, noch immer neben sich stehend, die Glückwünsche der übrigen Gäste entgegen sowie der Kellner, die ihnen Schampus an den Tisch brachten.

Francis' elegante Zufriedenheit hatte etwas von einem erfolgreichen Geschäftsabschluss, aber nach einigen Gläsern Sekt ertappte auch Charlotte sich bei dem freudigen Gedanken an eine Hochzeit im Grand Hotel.

Es war natürlich verrückt, sich so spontan zu verloben, aber … es war immerhin das Grand Hotel.

Polternd fiel die Tür hinter den beiden zu, als sie ihrem *Verlobten* – das klang doch wirklich merkwürdig – die Treppe hinaufhalf. Er hatte etwas zu oft zur Feier des Tages angestoßen und nun deutliche Schwierigkeiten, die Stufen zu erklimmen.

Charlottes schicke Altbauwohnung lag im dritten Stock und hatte eine herrliche Dachterrasse mit Blick über die Stadt. Obwohl es einen Fahrstuhl gab, mied sie diesen. Die fragwürdigen Geräusche, die er von sich gab, erinnerten sie daran, dass sie zu jung war, um in einem Metallkasten zu Tode zu stürzen.

Jetzt mit Francis am Arm, der sich wankend auf sie stützte, überlegte sie, ob es das Risiko nicht vielleicht doch wert war.

„Francis!", keuchte sie, als er torkelnd drei Stufen auf einmal wieder nach unten stolperte und sie dabei mit sich riss. Im ersten Stock gab sie auf und wartete auf den Fahrstuhl, Francis feuchte Küsse in ihrem Nacken ignorierend. Er polterte hinein und zog sie lachend hinter sich her. Als sich die Türen gefährlich quietschend schlossen, riss er sie in seine Arme und drängte sie gegen die verspiegelte Fahrstuhlwand. Sein Kuss war hungrig und durch den Rausch etwas ungenau. Charlotte wehrte ihn kichernd ab. Das Adrenalin, das durch die Fahrt mit dem Lift ausgeschüttet wurde, überdeckte jede Erregung, die Francis' Küsse ansonsten vielleicht geweckt hätte.

Die Todesfalle öffnete sich mit einem noch sehr viel lauteren Quietschen, und Charlotte sprang beinahe erleichtert in den Flur. Wie schön doch selbst die kleinen Dinge des Lebens sein konnten!

Mit noch immer pochendem Kopf kramte sie in ihrer Handtasche nach dem Schlüssel, was kein leichtes Unterfangen war, da Francis zielstrebig seine Hände unter ihren Mantel schob. Lippenstift, Puderdose, Handy, noch ein

Lippenstift und einige Tampons glitten ihr durch die Finger, ehe sie schließlich den Schlüssel fand.

Francis ließ ihr keine Zeit, das Licht anzuschalten, sondern dirigierte sie direkt in ihr Schlafzimmer, wo er ihr den Mantel abstreifte, um das Kleid aber kein unnötiges Aufheben machte, sondern es schlicht nach oben schob.

„Das Grand Hotel, Charlotte", raunte er erregt und öffnete seinen Gürtel, schüttelte sich die Schuhe ab und zog sie mit sich ins Bett.

Am nächsten Morgen sah Francis ungewohnt blass aus. Sein dunkles Haar war noch feucht von der Dusche, als Charlotte atemlos und verschwitzt vom allmorgendlichen Work-out mit Dan, ihrem Personal Trainer, zurückkam. Er nahm eines seiner Ersatzhemden, die er immer bei ihr im Schrank postiert hatte, heraus und schlüpfte in eine frische Hose, ehe er ihr zur Begrüßung einen Kuss gab.

„Was für ein Abend", sinnierte er und band seine Krawatte.

Charlotte lächelte, ging in die offene Wohnküche und gab frische Erdbeeren, eine Banane und einen Becher Joghurt mit etwas Honig in den Mixer.

„Ja, das war wirklich verrückt! Wir sollten über die ganze Sache in aller Ruhe noch einmal nachdenken und …"

„Richtig, es gibt viel zu bedenken. Darum habe ich gleich, nachdem ich mit dem zuständigen Mitarbeiter der *London Post* unsere Verlobungsanzeige besprochen habe, meine Mutter angerufen. Sie kommt um siebzehn Uhr mit einer Hochzeitsplanerin hier vorbei."

Charlotte ließ überrascht ihre Hand auf den Knopf des Mixers sinken. Die zermatschten Beeren waren ein Abbild ihres Gehirns. Matsch. Ihr Hirn war Matsch.

Francis, dem ihre Reaktion entging, sah auf seine Uhr und

griff sich sein Jackett.

„Ich muss los. Das Grand Hotel will eine schriftliche Vereinbarung. Bis heute Abend."

Damit brach er auf. Charlotte stand noch weitere endlose Minuten mit der Hand auf dem Mixer reglos in der Küche. Ihr schweißnasses Shirt klebte ihr mittlerweile kalt am Rücken, und sie spürte jeden Muskel. Dan war ein richtiger Sadist, und sein Work-out trieb sie an ihre Grenzen. Margarete, Francis' Mutter, hatte ihr die Fitnessstunden zu Weihnachten geschenkt. Insgeheim fragte sich Charlotte, warum Margarete sie so hasste? Dieses Geschenk war die reinste Folter, aber sie brachte nicht den Mut auf, Dan zum Teufel zu schicken und ihre mangelnde Muskelstruktur einfach hinzunehmen.

Doch dass jetzt ihre Knie so weich waren, lag ausnahmsweise nicht an Dan.

Das Gefühl, jeder Entscheidung enthoben worden zu sein, verwirrte sie so. Denn eigentlich sollte das doch alles kein Problem sein. Sie liebte Francis. Seit sechs Jahren waren sie ein Paar, ohne große Probleme. Ihre Beziehung hatte keine Tiefs, und die Hochs waren angenehm unaufregend. Keine theatralischen Liebesbekenntnisse, die ein Flugzeug in den Himmel schrieb, oder sonst etwas, das Charlotte nur peinlich gewesen wäre.

Francis sah zudem sehr gut aus. Er war der gepflegteste Mann, den sie sich nur vorstellen konnte. Immer frisch rasiert, das helle Haar akkurat geschnitten, manikürte Finger und Zehen, die Brust glatt wie ein Babypopo, und sein Rasierwasser war so angenehm männlich, dass es wie für ihn gemacht schien. Mit so einem Mann konnte man alt werden und eine Familie gründen – das stand ohne Zweifel fest. Als seine Frau und die Mutter seiner Kinder hätte sie ausgesorgt gehabt, denn Francis Colewell war der einzige Sohn und

Erbe einer erfolgreichen Immobilienfirma, in der er auch als Makler arbeitete. Sein Einkommen reichte locker für drei Familien. Warum wollte dann ihr Hirn nicht wieder seinen Ursprungszustand annehmen?

Gedankenverloren goss sie den Inhalt des Mixers in einen großen Shakebecher und steckte ein dickes Röhrchen hinein. Sie konzentrierte sich auf das schmatzende Geräusch, das entstand, als sie den Shake in ihren Mund saugte. Es war echter als alles, was sie sonst auf ihrem Weg ins Bad so wahrnahm, als sie nachdenklich den Blick durch ihre Wohnung schweifen ließ.

Francis' linksherum gedrehte Hose, die am Boden vor ihrem Bett lag. Sein Hemd, das zwischen den Laken heraushing. Ihr sportliches Nachthemd, das unbeachtet am Fuß des Bettes lag, weil sie es die ganze Nacht nicht angehabt hatte und ihre Pumps, die sie irgendwann, nachdem Francis auf ihr eingenickt war, abgestreift hatte.

Sie stellte den Shake ab und warf sich aufs Bett. Der Schrei ins Kissen linderte ihre plötzliche Verzweiflung, und sie rollte sich resigniert auf den Rücken.

Was war schon schlimm daran, übergangen worden zu sein, wenn doch im Endeffekt alles so war, wie sie es sich wünschte?

Francis war eben ein Mann, der es gewohnt war, Entscheidungen zu treffen. Er war stark. Das war nichts, worüber sie sich ärgern musste, selbst wenn er dabei manchmal übers Ziel hinausschoss.

Sie sollte sich glücklich schätzen, dass er sie heiraten würde. Noch dazu in dieser unbeschreiblichen Location. Das würde ein Vermögen kosten, und dennoch hatte er keine Sekunde gezögert. Das bedeutete doch etwas! Und wie es das tat!

Nein, sie sollte sich nicht nur glücklich schätzen – sie war glücklich!

Kapitel 3

„Du killst mich, Herzchen!", stöhnte Rory, als Charlotte ihm vom vergangenen Abend erzählte. Er warf sich theatralisch in einen der eleganten Hochlehner, die überall in der Galerie verteilt waren, um Kunstliebhabern die Möglichkeit stundenlanger Betrachtungen zu ermöglichen.

„Wie absolut unfassbar! Ein Antrag von Francis Colewell! Du weißt, dass mindestens die Hälfte der Londoner Singlefrauen nun Charlotte-Voodoopuppen mit Nadeln spicken werden!"

„Voodoopuppen? Du übertreibst!"

„Oh nein! Das tue ich nicht! Du angelst dir einen der begehrtesten Junggesellen der Stadt."

„Er ist seit sechs Jahren kein Junggeselle mehr."

„Und seitdem ist die Nachfrage nach ebendiesen Voodoopuppen rasant gestiegen, Herzchen, das versichere ich dir!"

Charlotte winkte ab. „Außerdem habe ich ihn mir nicht geangelt – denn ich hatte ja im Grunde genommen nichts mitzuentscheiden. Ich habe nur ,Ja, also' gesagt, und schon waren wir verlobt."

Als sie das so erzählte, musste sie plötzlich lachen. Es war absolut albern, diesen Antrag überhaupt ernst zu nehmen!

„Ist er vor dir auf die Knie gegangen? Wie groß war der Klunker des Rings, und … was zum Teufel hat er gesagt? Ich sterbe, wenn du mir nicht gleich alles haargenau berichtest!"

Charlotte ließ sich neben Rory fallen und zuckte amüsiert die Schultern. Es war wirklich lächerlich, und sie wischte sich eine Lachträne aus dem Augenwinkel.

„Naja – er stand vor mir … und vor all diesen Fremden. Es gab keinen Ring, dafür den Applaus aller Gäste, und sein ‚Ich liebe dich' habe ich überhört – wenn er es denn gesagt hat."

Rorys entsetzter Gesichtsausdruck war so köstlich, dass sich Charlotte den Bauch vor Lachen hielt, bis er am Ende dann selbst grunzend in ihr hysterisches Gelächter mit einstimmte.

„Du meine Güte, Herzchen! Das ist dann ja wohl das Impulsivste, was Francis jemals getan hat. Spontanität ist das letzte Wort, das ich verwendet hätte, um ihn zu beschreiben. Ich hoffe, das ist kein schlechtes Omen für eure Hochzeit!"

Er sprang auf und rannte zum Tresen, wo er sein Handy hervorholte und eifrig darauf herumwischte.

„Warte, warte. Ich kenne den besten Hochzeitsplaner aller Zeiten – er will mir seit Jahren an die Wäsche, daher stehen die Chancen sehr gut, dass wir ihn für deine Traumhochzeit gewinnen können. Soll ich ihn gleich mal anrufen?"

„Ja, bitte! Lieber plane ich alles mit dir und deinem Schwarm, als mich Margaretes herrischen Befehlen zu unterwerfen. Es genügt, dass sie mir Dan auf den Hals gehetzt hat!"

In der Galerie war es heute ziemlich ruhig. Rory telefonierte seit einer geschlagenen Stunde mit dem Hochzeitsplaner, und Charlottes Aufregung wuchs mit jedem Atemzug. Sie würde tatsächlich heiraten! Sie verspürte den Drang, irgendjemanden anzurufen, um diese Neuigkeit loszuwerden, aber es gab niemanden. Ihre Eltern waren, kurz bevor sie Francis kennengelernt hatte, bei einem Verkehrsunfall gestorben, und da sie ein Einzelkind war, waren auch keine Geschwister vorhanden, die sich für sie hätten freuen können. Und die Handvoll Freunde, die sie hier in London hatte, waren auch allesamt Francis Freunde. Sie war sicher, dass er es sich nicht hatte nehmen lassen, diese schon längst zu informieren.

Um das Gefühl der Untätigkeit abzuschütteln, trat sie vor den *Nachtfalter* und atmete gleichmäßig ein. Sogleich tat die düster-beruhigende Aura der klaren und geraden Pinselstriche ihre Wirkung, und ihre Anspannung ließ nach. Sie rieb sich die Schläfen und bewegte zur Entspannung ihren Unterkiefer hin und her. Au! Anscheinend hatte sie den ganzen Tag dauergeknirscht! Sie sollte auf jeden Fall wieder öfter nachts ihre Beißschiene tragen!

Rory lachte noch immer übertrieben laut in sein Handy, als ihr eigenes Telefon klingelte.

Da keine Besucher in der Galerie waren, nahm sie das Gespräch an.

„Hallo, Margarete", begrüßte sie ihre Schwiegermutter in spe überrascht.

„Wo bist du? Ich stehe vor deiner Tür, und keiner öffnet mir."

Charlotte sah auf die Uhr. Kurz nach elf. Was machte Francis' Mutter jetzt schon hier?

„Ähhh … ich dachte, wir wären erst heute Abend verabredet", versuchte Charlotte sich zu entschuldigen.

„Ist dir klar, Kind, wie viel Arbeit so eine Hochzeit macht? Ganz abgesehen von der Verlobungsfeier! Wir werden in den nächsten Wochen jeden Tag brauchen, um alles zu organisieren. Du willst sicher nicht, dass der schönste Tag deines Lebens im Chaos versinkt."

„Nein, natürlich nicht. Aber ich arbeite. Wir haben nächsten Monat eine große Vernissage, da steht viel Arbeit an …"

„Du wirst dir Urlaub nehmen müssen! Ich habe Himmel

und Hölle in Bewegung gesetzt, damit Chiara Creole kommt und für dein Brautkleid Maß nimmt."

Charlotte ließ das Handy sinken.

Das war verrückt! Creoles Kreationen waren unbeschreiblich schön und unbezahlbar. Wie viel würden sich die Colewells diesen einen Tag kosten lassen, wenn allein das Brautkleid schon das Budget einer normalen Hochzeit sprengte? Obwohl ihr diese Verschwendung nicht so wirklich behagte, wollte sie doch Margarete nicht vor den Kopf stoßen, denn die meinte es ja nur gut.

„Ich bin gleich da", murmelte Charlotte in ihr Mobilteil und stand dann verwirrt mitten in der Galerie. Es war eine Mischung aus unglaublichem Entsetzen und innerem Kribbeln, das wohl jedes Mädchen empfinden würde, wenn ihr eine weltbekannte Designerin das Brautkleid auf den Leib schneidern würde.

Als Rory sein Gespräch unterbrach und sie mit fragend gehobenen Augenbrauen ansah, schlug sie sich die Hand vor den Mund und kicherte.

„Ich nehme mir den Rest der Woche frei – Chiara Creole macht mir ein Brautkleid."

Der Tag verging wie im Flug.

Margarete ließ Charlotte keine Sekunde Zeit, um Luft zu holen. Es gab anscheinend tatsächlich tausend Dinge zu bedenken, und die Liste mit Entscheidungen, die noch getroffen werden mussten, wuchs ins Unermessliche.

Die Farbe der Einladungen zur Verlobungsfeier sollte mit Charlottes Kleid an diesem Abend sowie Francis' Krawatte oder seiner Weste harmonieren, ebenso wie sich der Farbton in dem Blumenschmuck, den Speisekarten und – was für eine originelle Idee! – im Menü wiederfinden sollte. Daher musste

ganz dringend das Kleid ausgewählt und mit Francis'
Vorstellung des Abends abgeglichen werden, damit man
einen entsprechenden Koch für das farblich passende Menü
auswählen konnte.

Margarete schlug vor, die Verlobung im weitläufigen
Garten der Colewells zu feiern, wobei man dann das
Londoner Wetter wieder stark in den Planungsfokus rücken
müsste.

Bereits nach der ersten Stunde hatte Charlotte den
Überblick verloren und nickte nur noch die Dinge ab, die
ihre zukünftige Schwiegermutter vorschlug.

„Ein brombeerblaues Kleid unterstreicht deine
Augenfarbe, meine Liebe, und schmeichelt deinem Teint.
Mit den Blüten tun wir uns da zwar schwer, aber ansonsten
ist ein dunkles Blau sehr edel und macht sich auch an Francis
gut", erklärte Margarete entschlossen, als die Ankunft der
rothaarigen Schneiderin vorerst jede weitere Planung
unterbrach.

Schnitte, Stoffe, Farben und Formen wurden besprochen,
und ehe Charlotte sich versah, stand sie in
Spitzenunterwäsche vor ihrer Schwiegermutter und ließ Maß
von sich nehmen. Jetzt war sie froh, dass Dan in den letzten
Wochen alle ihre *Konturen definiert* hatte – wie er seine
allmorgendliche Folter nannte, denn Margaretes scharfem
Auge entging nichts. Sie selbst sah mit beinahe sechzig noch
so wunderbar jugendlich und sportlich aus, dass Charlotte
sich oft fragte, was davon noch dem Original entsprach und
wo nachgeholfen worden war.

Erst Francis' Ankunft am Abend beendete die Brautkleid-
Prozedur schlagartig, und Chiara verschwand mit den
Entwürfen, den Stoffmustern und einem verschwörerischen
Zwinkern, das allen bedeutete, vor dem Bräutigam nur kein
Wort über das Kleid zu verlieren.

Auch Margarete brach wenig später auf, nachdem sie sich Francis' Einverständnis für das brombeerfarbige Drumherum zur Verlobungsfeier geholt hatte.

Erschöpft ließ sich Charlotte auf die Couch fallen und streckte müde ihre Füße von sich. Sie fühlte sich wie ein gerupftes Huhn. Dieses An-sich–herumzupfen-Lassen und die vielen Entscheidungen hatten sie ausgebrannt, und sie lächelte dankbar, als Francis ihr ein Glas Rotwein reichte.

„Danke. Das ist meine Rettung!"

„Du siehst blass aus", stellte er fest und strich ihr fürsorglich über die Wange, ehe er sich zu ihr setzte. Charlotte genoss den Moment der Ruhe und nippte nachdenklich an ihrem Wein. Sie schloss die Augen lehnte den Kopf zurück und legte die Beine auf Francis' Oberschenkel.

„Hast du gewusst, dass unser Dessert zu meiner Unterwäsche passen muss?", fragte sie nach einer Weile und versuchte dabei den überzeugenden Ton Margaretes nachzuahmen.

Francis hob überrascht die Augenbrauen und schmunzelte. „Du willst gezuckerte Dessous tragen?" Er zupfte am Ausschnitt ihres Shirts und warf einen Blick auf ihre Unterwäsche. „Ich halte das für sehr gut durchdacht."

Er nahm ihr das Glas aus der Hand, stellte es beiseite und lehnte sich zu einem Kuss zu ihr hinüber, aber Charlotte, die sich den ganzen Tag mit der Hochzeit beschäftigt hatte, über die sie beide noch überhaupt nicht gesprochen hatten, war nicht gewillt, das Thema noch länger zu umschiffen. Sie schob ihn sanft von sich und setzte das strenge Gesicht auf, mit dem sie manchmal in der Galerie Kunden ermahnte, ja nichts zu berühren.

„Geht das nicht alles etwas schnell, Francis? Mit der Hochzeit?", wagte sie sich unsicher vor. „Das mit gestern

Abend … Ist es dir wirklich ernst?"

Francis sah sie mahnend an. Natürlich, denn er mochte es nicht, wenn seine Entscheidungen hinterfragt wurden. Das wusste Charlotte, denn seine mangelnde Bereitschaft, Dinge auszudiskutieren, von denen er annahm, dass sie keines weiteren Gesprächs bedurften, hatte schon so manchen Streit verursacht. Doch hier ging es um ihre Zukunft, und die war wohl eine kleine Unterredung wert.

„Warum fragst du, Charlotte? Denkst du nicht, es ist Zeit, unsere Position in der Gesellschaft einzunehmen und uns der Verantwortung zu stellen, die eine Familie wie die meine von uns verlangt?"

Charlotte runzelte die Stirn. „Ja, schon, aber was hat das mit uns zu tun? Gesellschaft, Verantwortung … deine Familie? Das ist ja alles schön und gut, aber was ist mit Liebe? Willst du mich heiraten, weil du mich liebst oder weil deine Familie verlangt, dass du dich bindest?"

Sie griff sich ihr Glas, denn ihr Mund war plötzlich trocken.

„Oh, Charlotte! Ich hatte immer gedacht, du wärst ein vernünftiger Mensch! Dass wir dieses Gespräch überhaupt führen müssen! Siehst du nicht, dass die Grenzen zwischen eigenem Wunsch und Verpflichtung in diesem Fall sehr schmal ist?"

„Nein, Francis, das sehe ich eigentlich nicht. Nenn mich naiv, aber für eine Ehe gibt es nur einen Grund – Liebe."

Francis schüttelte hilflos den Kopf.

„Ich verstehe überhaupt nicht, warum du so negativ reagierst. Es ist doch vollkommen normal, dass man etwas verunsichert ist, wenn man sich zu so einem Schritt entschieden hat. Doch das ist unnötig. Du weißt, wie sehr ich dich schätze, Charlotte. Wir werden sehr glücklich sein."

Er fasste ihre Hände und hauchte einen Kuss auf die

manikürten Fingerspitzen, als das Telefon ihre Unterhaltung störte.

Ein Zähneknirschen unterdrückend wandte Charlotte sich ab, um das Gespräch in der Küche anzunehmen. Wenn das Margarete war, die irgendein Problem mit brombeerfarbenen Kerzen hatte, dann würde sie ausflippen!

Doch schon nach den ersten Worten erkannte Charlotte, dass sie liebend gerne über Kerzen und Farben debattiert hätte, nur um den wahren Grund des Anrufs zu meiden.

Es war Andrew Harrold. Ein Anwalt aus Inverness.

Charlotte hörte sich wortlos an, was er ihr mitteilte, und beendete zitternd das Gespräch. Erschüttert presste sie sich den Hörer an die Brust. Es war merkwürdig, wie leer sie sich mit einem Mal fühlte. Und wie verletzlich. Sie legte das Telefon beiseite und ließ sich in der Spüle Wasser in ein Glas, an dem sie sich festhielt, ohne daraus zu trinken. So stand sie reglos, als Francis hereinkam.

„Was ist los mit dir, Charlotte? Verursacht dir der Gedanke an ein Leben mit mir solche Kopfschmerzen, dass du weiß wie die Wand hier stehst und Löcher in die Luft starrst?"

Sie hatte Mühe, sich zurechtzufinden, als sie ihn ansah, denn sie schwebte irgendwo zwischen heute und den Erinnerungen an ihre Kindheit in Schottland, die der Anruf heraufbeschworen hatte. Das Glas in ihren Händen schien ihr wie ein Kompass, der den Weg in die Realität wies, und so trank sie einen großen Schluck.

„Du weißt, ich habe heute Abend nicht ewig Zeit. Ich muss morgen eine wichtige Immobilie in Reading verkaufen."

Charlotte empfand die Kühle des Wassers auf ihrer Zunge als angenehm. So reell. Besonders im Vergleich zu dem Gespräch mit Francis, das ihr immer mehr vorkam wie aus einem schlechten Theaterstück.

„Meine Tante Helen ist vor zwei Tagen gestorben", flüsterte sie, ohne Francis direkt anzusprechen. Es klang eher so, als müsste sie sich das Fazit des Telefonats mit dem Anwalt noch einmal ins Gedächtnis rufen.

„Nun, sicher seid ihr in der Vorbereitung der Hochzeit noch nicht so weit vorangeschritten, dass eine Änderung der Sitzordnung allzu große Folgen hätte", versuchte Francis sie zu beruhigen. Sein tröstlich um Charlottes Schulter gelegter Arm drückte seine Anteilnahme aus.

Mit großen Augen sah sie ihn sprachlos an.

„Du …" Sie suchte nach Worten. „Du … denkst … ich mache mir Gedanken um die Sitzordnung?"

„Alles andere lässt sich sicher organisieren", erklärte er optimistisch. „Soll ich meine Mutter über die Änderung informieren?"

Sie knirschte laut mit den Zähnen, sodass Francis sie mahnend ansah. Doch das war ihr völlig egal.

„Meine einzige lebende Verwandte ist vor zwei Tagen an einem Herzinfarkt gestorben, und du denkst … du denkst … mich interessiert die Sitzordnung?"

Charlotte war laut geworden, und sie hielt es in Francis' Nähe nicht mehr aus. Sie floh ins Schlafzimmer, wo sie den Schrank aufriss und ihren Koffer herausnahm.

„Du hast deiner Tante doch nicht sonderlich nahegestanden – deine Erschütterung kommt daher etwas … unerwartet", gab Francis zu bedenken und lehnte sich an den Türrahmen. Sein fragender Blick folgte jeder ihrer Bewegungen.

Sie stopfte Shirts, Hosen und ein paar Röcke in den Koffer, Waschzeug und eine dünne schwarze Weste.

„Nur weil ich Tante Helen lange nicht gesehen habe, heißt das nicht, dass wir uns nicht nahestanden", verbesserte sie ihn und packte weiter, bis Francis sie aufhielt. Er deutete auf den überquellenden Koffer.

„Was wird das, Charlotte?"

„Wir müssen nach Schottland. Tante Helens Beerdigung ist am Freitag, und am Montag darauf treffen wir Mister Harrold wegen des Nachlasses."

Francis hielt sie entschieden fest.

„Ich stehe kurz vor einem wichtigen Immobilienverkauf, Charlotte. Ich kann nicht so einfach alles für einen Kurztrip in die Highlands stehen und liegen lassen."

„Es ist eine Beerdigung! Kein Kurztrip! Du musst mitkommen!"

„Das ist vollkommen unmöglich – und das weißt du. Und was wird aus den Hochzeitsvorbereitungen, wenn du jetzt für eine Woche verschwindest?"

Charlotte riss sich los, gab es resigniert auf, den viel zu kleinen Koffer weiter zu befüllen und nahm stattdessen einen gigantischen roten Koffer aus dem Schrank. Zufrieden damit stemmte sie ihre Hände in die Hüften.

„Bisher bereiten wir nur eine vollkommen überdimensionierte Verlobung vor, und du wirst entschuldigen, dass mir die Farbe des Toilettenpapiers in der Herrentoilette im Vergleich zur Beerdigung meiner Tante herzlich egal ist. Wenn du nicht mitkommen willst – bitte –, ich gehe trotzdem!" Entschlossen schüttete sie den Inhalt des kleinen Koffers achtlos in den großen.

Francis zog sie sanft in seine Arme und hauchte ihr einen Kuss auf die Wange.

„Werde doch nicht gleich so ausfällig! Du bist ja furchtbar aufgebracht. Diese überraschend schlechte Nachricht zu einem so ungünstigen Zeitpunkt ist natürlich ganz schön viel auf einmal, aber so leid es mir tut, du wirst das allein bewältigen müssen."

Charlotte ließ sich an seine Brust sinken und wusste selbst nicht, ob sie der Sache gewachsen war. Aber sie hatte Tante Helen geliebt, und auch wenn sie Francis gerne an ihrer Seite gehabt hätte, würde sie auf jeden Fall nach Schottland fahren.

„Ich bin ja nicht ganz allein. Der Anwalt sagte, dass Tante Helens Hausverwalter mich am Flughafen abholen wird und mir ein Zimmer auf Silvermoor herrichtet."

„Silvermoor? Ist das dieses alte, unheimliche Anwesen, von dem du manchmal erzählt hast?"

Charlotte nickte, wieder etwas entspannter. Sie fand sich beinahe ungerecht ihm gegenüber, denn sie wusste ja, wie wichtig dieser Immobilienabschluss für ihn war.

„Es ist kein bisschen unheimlich. Es ist nur groß. Es liegt etwas einsam, aber man hat einen unglaublichen Ausblick auf die Hügel. Es ist eine raue Landschaft, aber wunderschön in ihrer Wildheit. Du solltest es dir ansehen!"

„Zu jeder anderen Zeit, meine Liebe, würde ich das. Aber jetzt ist ein wirklich mehr als nur ungünstiger Zeitpunkt. Das musst du einfach verstehen."

Kapitel 4

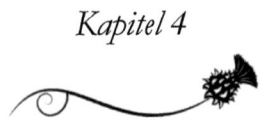

Inverness

Der Wind trug kalten Regen über die Rollbahn, als Charlotte aus der kleinen Maschine stieg, die sie von London hierher gebracht hatte. Schottlandwetter, dachte sie und sah hinauf in die grauen Wolken, die über Inverness, der Stadt am Moray Firth, dahintrieben. Sie beschleunigte ihre Schritte und zog dabei ihren Mantel am Hals enger zusammen. Die monotone Verabschiedung der Flugbegleiterin, die sich freuen würde, wenn Charlotte bald wieder mit ihnen flöge, drang so wenig zu ihr durch, wie die Feuchtigkeit auf ihrem Mantel. Dabei passte das düstere Wetter so gut zu Charlottes bedrückter Stimmung. Als wollte der Regenschleier die Tränen verbergen, die sie nur mit Mühe zurückhalten konnte. Sie wunderte sich über sich selbst, denn so überraschend der plötzliche Tod ihrer Tante Helen für sie auch kam, musste sie doch zugeben, ihr in den letzten Jahren nicht besonders nahegestanden zu haben. Genau genommen hatte sich ihr Kontakt nur auf den alljährlichen Anruf zwischen den Weihnachtsfeiertagen und eine Karte zum Geburtstag beschränkt. Niedergeschlagen trat sie durch die automatische Glastür in den Ankunftsbereich des Flughafens.

Das Rempeln des Passagiers hinter ihr zwang sie, sich zusammenzureißen und ihre trüben Gedanken, die sich während des kurzen Fluges von London hierher noch vertieft hatten, beiseitezuschieben. Sie warf dem ungehobelten Kerl einen bösen Blick hinterher und versuchte sich mit Hilfe der Informationstafeln einen Überblick zu verschaffen. Sie war seit Ewigkeiten nicht mehr hier gewesen – und noch nie allein. Die Halle kam ihr größer vor als in ihrer Erinnerung, und sie fühlte sich wieder wie das kleine Mädchen, das sie gewesen war, als sie regelmäßig mit ihren Eltern in die Highlands gekommen war. Schon damals waren ihr die hektischen Menschen um sie herum und das Gedränge am Gepäckband nicht geheuer gewesen. Wie damals knirschte sie mit den Zähnen, als sie schon wieder grob beiseitegedrängt wurde. Die Schuldige, eine rothaarige Britin, roch nach Alkohol, der ihr anscheinend die Flugdauer verkürzt hatte. Sie lachte schrill über eine Bemerkung ihres kahlköpfigen Begleiters. So traurig das war, selbst diese Ziege befand sich in Gesellschaft! Wenn sie sich so umsah, kam es ihr vor, als wäre sie der einzige Mensch, der allein unterwegs war.

Charlotte fröstelte. Wenn doch nur Francis nicht ausgerechnet jetzt diesen wichtigen Termin gehabt hätte!

Ihr blieb keine Zeit mehr, sich noch länger über Dinge zu ärgern, die sie ohnehin nicht ändern konnte, denn ihr gigantischer roter Koffer rollte übers Gepäckband, und sie hechtete – diesmal selbst ein wenig rücksichtslos – nach vorne, um ihn sich zu schnappen.

Uff! Das Ding wog eine Tonne! Dabei hatte sie nur das Allernötigste eingepackt, wie sie fand. Na gut, … vielleicht ein klein wenig mehr.

So schnell es ihre Überladung nun zuließ, steuerte sie auf den Ausgang zu, wo – im besten Fall – nun der alte Jack O´Donnely bereitstand, um sie nach Silvermoor zu bringen. Seit Charlotte denken konnte, war Jack der Hausverwalter ihrer Tante. Er musste inzwischen ein stattliches Alter erreicht haben.

Sie zweifelte daran, dass der knorrige Schotte noch genug Kraft in den Knochen haben würde, ihren Koffer zu verladen, aber vielleicht täuschte sie ja auch ihre Erinnerung. Als Kind kamen einem ja alle Erwachsenen uralt vor. Sicher hatte das raue Klima den Schotten einfach schnell altern lassen. Immerhin hatte der Anwalt, der sie über den Tod von Tante Helen informiert hatte, ihr versichert, dass Mister O´Donnely sich aktuell um alles kümmerte, bis sämtliche Angelegenheiten geklärt waren. So altersschwach konnte er also nicht sein.

Als sie durch die großen Drehtüren hinaustrat, hatte der böige Wind noch mehr Wolken über Inverness aufgetürmt. Der Regen fiel in regelrechten Fäden vom Himmel und bildete zu ihren Füßen Pfützen in der Größe von Loch Ness.

Und ich trage Manolos!, schalt sich Charlotte in Gedanken und hielt nach dem vom Alter gebeugten Hausverwalter Ausschau. Die wenigen Taxen, die vor dem Eingang auf Fahrgäste warteten, wurden zum Gegenstand erbitterter Kämpfe. Die drängelnden Passagiere von eben gingen im Streit um ein trockenes Gefährt sogar noch weiter, und so riss eine keifende grauhaarige Frau, die Charlotte unter anderen Umständen für ein freundliches Großmütterlein gehalten hätte, im Gerangel um ein Taxi einem schnieken Geschäftsmann den Aktenkoffer aus der Hand.

Charlotte knirschte mit den Zähnen, denn weit und breit war von Jack O´Donnely nichts zu sehen. Sie presste sich mitsamt ihrem überdimensionalen Koffer an die überdachte Außenwand des Flughafens, um dem Regen zu entkommen, der inzwischen seinen Weg in ihre Schuhe gefunden hatte. Wäre nicht ihre gute Erziehung gewesen, hätte sie wohl vor Ärger mit dem Fuß aufgestampft. So aber ballte sie nur ihre Hände zu Fäusten und überlegte, ob sie warten oder sich in den Kampf um ein Taxi stürzen sollte, um irgendwann heute – im Idealfall, bevor sich ihre Manolos auflösten – in Silvermoor anzukommen.

Noch einmal ließ sie ihren Blick über die Menschen um sich herum wandern und versuchte durch pure Willenskraft den alten O´Donnely herbeizurufen.

Eine ordentliche Windböe peitschte ihr Regen ins Gesicht und riss Strähnen aus ihrem bereits im Flugzeug etwas in Unordnung geratenen Haarknoten. Energisch wischte sie sich ihre dunklen Haare aus dem Gesicht und packte ihren Koffer.

Das war lächerlich! Sie würde nicht hier warten, bis selbst ihre Unterwäsche durchweicht wäre! So kurz vor ihrer Verlobungsfeier wollte sie sich auch auf keinen Fall mehr eine Erkältung einfangen. Ohnehin kam diese Reise ziemlich ungelegen, und Margarete hatte eindringlich versucht, sie ihr auszureden.

Und nun, da sie nass und allein in Schottland stand, glaubte sie kurz, sie hätte besser auf sie hören sollen.

„Miss Finnegan?"

Ein dunkler Regenschirm kam auf sie zu, und Charlotte wich automatisch zurück, als wollte sie mit der Wand verschmelzen, um nicht schon wieder angerempelt zu werden.

Der Schirm wurde angehoben, und sie musste ihren Blick ein gutes Stück nach oben korrigieren, um in das Gesicht des Mannes sehen zu können. Grau gesprenkelte Augen musterten sie neugierig unter dunkelblonden, etwas zu langen Strähnen hervor.

Jack O´Donnely musste seit ihrer letzten Begegnung vor vielen Jahren nicht mehr gealtert, sondern wieder jünger geworden sein. Derselbe graublaue Blick wie damals, nur in einem deutlich weniger zerfurchten Gesicht. Ihr Gegenüber musste etwa in ihrem Alter sein. Sie schätzte ihn auf dreißig.

„Sie sind doch Miss Finnegan, aye?", wiederholte Jacks jüngeres Abbild seine Frage ziemlich wirsch, und eine steile Falte grub sich ihm über der Nasenwurzel in die Haut.

Charlotte nickte verwirrt und streckte ihm schnell die Hand entgegen, während sie sich noch immer aus den Tiefen seines durchdringenden Blickes zu befreien versuchte.

„Teufel, was wird das?", rief er und sprang überrascht einen Schritt zurück, was ausreichte, um ihr bewusst zu machen, was sie tat. Aus ihrer Absicht, einen freundlichen Händedruck auszutauschen, war ein gezielter Griff zwischen seine Beine geworden.

„Du meine Güte!", keuchte sie und riss ihre Hand zurück, als hätte sie glühendes Eisen berührt. „Es tut mir Leid! Oh mein Gott, bitte – entschuldigen sie …" Wieder streckte sie automatisch die Hand aus, um sich zu entschuldigen, und er machte einen weiteren Satz zurück, als fürchtete er einen erneuten Übergriff.

„Verflucht, was ist nur mit Ihnen los?", rief er und hielt sich schützend die Hände vors Gemächt.

Charlotte war vor Verlegenheit so heiß, dass sie sicher war, die Pfützen um sie herum würden sich jeden Moment zischend in Dampf verwandeln. Ihr Koffer musste neben ihren roten Wangen blass wirken, und selbst auf der Internationalen Raumstation würden sich die Besatzungsmitglieder über das plötzliche Glühen wundern, das bis zu ihnen hinauf zu sehen sein musste.

Verlegen schlug sich Charlotte die Hände vors Gesicht und suchte verzweifelt nach einer Möglichkeit ihre *Handgreiflichkeit* ungeschehen zu machen.

„Bitte", flehte sie leise. „Bitte, entschuldigen Sie. Das war … wirklich keine Absicht!"

Matt O´Donnely verkniff sich ein Grinsen. Ihre Verlegenheit war wirklich unterhaltsam, und es reizte ihn beinahe, sie noch etwas länger schmoren zu lassen. Aber weil ihm der Regen bereits in den Hemdkragen lief, zuckte er stattdessen schlicht mit den Schultern.

„Aye, schon in Ordnung, Miss." Er zwinkerte. „Ist ja nicht so, als hätt´ ich was gegen Frauen, die wissen, was sie wollen."

„Wie bitte?" Empört riss sie ihre großen grünen Augen auf, und das Rot ihrer Wangen wurde noch eine Spur dunkler. „Sie nehmen doch wohl hoffentlich nicht an, ich hätte Sie … also … nun, Sie wissen, was ich meine!"

Sein tiefes Lachen schien ihr unangenehm, denn sie presste ihre Lippen zu einem schmalen Strich zusammen und reckte verärgert das Kinn nach vorne, das ein klein wenig zu spitz war, um zu ihren weichen Gesichtszügen zu passen. Es war das einzige Zeichen von Widerstand in einem ansonsten äußerst braven Gesicht.

Um sie aus dieser für sie prekären Situation zu erlösen, griff er noch immer breit grinsend nach ihrem Koffer und drückte ihr den Schirm in die Hand.

„Machen Sie sich mal nichts draus, Miss Finnegan. Begehrt ist eben begehrt, aye? Damit komm´ ich klar. Ich bin übrigens Matt." Er deutete eine kaum wahrnehmbare Verbeugung an. „Matt O´Donnely." Er senkte die Stimme und beugte sich näher zu ihr. „Stets zu Diensten, Miss Finnegan."

Ihr hörbares Schnappen nach Luft, als sie erkannte, was er meinte, hätte ihn beinahe wieder laut loslachen lassen, aber er fürchtete, sich noch eine Ohrfeige einzufangen, wenn er nicht aufhörte, sie zu foppen.

„Mister Donnely! Ich weiß nicht, was …"

„O!", unterbrach er sie und überlegte dabei noch, ob er eine Ohrfeige von ihr nicht sogar genießen könnte.

„Bitte?" Ihr Ton war so schrill, wie der seiner Grundschullehrerin, und er verwarf den Gedanken an eine genussvolle Bestrafung vorerst.

„O´Donnely", verbesserte er sie daher nur, ehe er ihrer Strafpredigt entfliehend den Koffer anhob, als wöge er nichts, und davonging. „Kommen Sie. Ich musste dort hinten parken, weil nichts mehr frei war."

Er musste sich nicht umdrehen, um zu wissen, dass sie ihn gerade mit ihren Blicken erdolchte.

Charlotte umklammerte den Griff des Regenschirms so fest, dass ihre Knöchel weiß hervortraten, während sie ihrem in der Sintflut dahingehenden Kofferträger böse hinterhersah. Der hatte offensichtlich nicht die Absicht, auf sie zu warten, also schlüpfte sie mit einem weiteren undamenhaften Zähneknirschen aus ihren Schuhen und eilte ihm barfuß durch die Pfützen hinterher.

Als sie ihn eingeholt hatte, hielt er ihr bereits die Tür der Beifahrerseite des Landrovers auf. Sie glitt ohne ein dankendes Wort an ihm vorbei in den Wagen.

Die Fahrt verlief bis auf das monotone Geräusch des prasselnden Regens und das permanente Wischen des Scheibenwischers in eisiger Stille. Charlotte überlegte noch immer, wie sie mit der unglücklichen Begrüßung umgehen sollte und ob eigentlich ihre Wut auf diesen Kerl im Vergleich zu ihrer Scham über … über ihre Hand an seinen Kronjuwelen nicht überwiegen sollte. Immerhin war es ein

Versehen gewesen, sein unmögliches Verhalten danach aber die reinste Bosheit.

„Mein Vater ist seit Längerem krank", sagte Matt, ohne den Blick von der Fahrbahn zu nehmen.

Charlotte ließ ihre nassen Pumps in den Fußraum fallen und sah den Schotten forschend von der Seite an. Als erwartete er keine Antwort, fuhr er fort: „Ich habe vor sechs Monaten seine Aufgaben in Silvermoor übernommen."

„Gut." Sie schüttelte irritiert den Kopf. „Also … ich wollte nicht sagen, dass es gut ist, dass Ihr Vater krank ist." Sie spürte sogleich wieder die unangenehme Hitze in ihre Wangen steigen. Der kurze Blick, den er ihr zuwarf, brachte sie vollkommen aus dem Konzept. „Ich meinte vielmehr, dass es gut ist, dass Sie mir das erklären. Ich hatte mich schon gewundert", stellte sie klar.

Du meine Güte, dieser Kerl hielt sie sicher für eine Idiotin! Charlotte verkniff sich ein weiteres Zähneknirschen und sah stattdessen aus dem Fenster. Besser sie sagte – und tat nichts mehr, denn heute war definitiv nicht ihr bester Tag. Am liebsten würde sie Francis anrufen und sich bei ihm ausheulen. Aber nicht jetzt. Nicht hier, wo dieser ungehobelte Schotte jedes Wort mithören konnte!

Sie setzte sich aufrecht hin und versuchte sich vom Niveau dieses Mannes nicht ebenfalls auf Straßenkötermanieren hinunterziehen zu lassen. Mit demselben Ton, in dem sie in der Galerie wohlhabenden Kunden Kunstwerke namhafter Maler aus aller Welt verkaufte, wollte sie diese klägliche Konversation retten.

„Was fehlt ihrem Vater?"

Matt gab einen undefinierbaren schottischen Laut von sich. „Zerbrechen Sie sich mal seinetwegen nicht Ihren hübschen Kopf. Der ist zäh wie Leder."

Bildete sie sich das ein, oder hatte sich Matts Miene

verdunkelt? Weil sie nicht weiter in seine Angelegenheiten vordringen wollte, nickte sie nur verständnisvoll und faltete die Hände im Schoß. Na also. Sie hatte ihre Fassung wiedergewonnen. Beinahe war sie froh, dass Francis ihre Entgleisung nicht hatte mit ansehen müssen. Er hasste jede Art von Kontrollverlust. Und einem wildfremden Mann in den Schritt zu fassen und dann vor Scham im Boden zu versinken, würde er wohl als solchen bezeichnen.

„Übrigens – mein Beileid auch. Das mit ihrer Tante tut mir wirklich leid. Sie war eine großartige Frau. Mein Vater ist zutiefst bestürzt und kann es noch immer nicht fassen.“

„So geht es mir auch. Wenn ich geahnt hätte …“ Charlotte biss sich vor Kummer und auch vor schlechtem Gewissen auf die Lippe. „… ich hätte sie längst einmal wieder besuchen sollen.“

„Aye – und warum haben Sie es dann nicht getan? Sie besucht, meine ich.“

Charlotte sah Matt lange an. Die Frage schien einfach, aber ihr wollte keine gute Antwort einfallen. Warum hatte sie Helen so lange nicht mehr gesehen? Weil sie in London zu beschäftigt damit gewesen war, ihre Karriere voranzutreiben, um die einzige noch lebende Verwandte von sich zu besuchen? Um ein Wiedersehen mit Helen, die Charlottes Mutter auf den ersten Blick so ähnlich sah, zu vermeiden? Oder weil sie wusste, dass Helen mit der Wahl ihres Freundes – *Verlobten*, verbesserte sie sich im Geiste – nicht einverstanden gewesen war?

Sie vermutete, dass die Wahrheit irgendwo zwischen all diesen Argumenten lag, vielleicht sogar in der Summe davon, aber trotzdem machte sie sich jetzt, wo es zu spät war, Vorwürfe. Weil es Matt sicher komisch vorkommen musste, wenn sie noch länger schwieg, strich sie sich über die noch immer leicht feuchten Haare und zwang sich zu einer

Antwort.

„Helen hätte nicht gewollt, dass ich mir solche Umstände mache. Sie wusste, dass ich in der Galerie stark eingebunden war. Dennoch bedauere ich es, dass sie …", ihre Stimme brach, „ niemanden hatte, als sie …"

„Schon in Ordnung, Miss Finnegan. Ich wollte nur ein wenig plaudern. Das alles geht mich ja auch nichts an."

Matts endgültiger Tonfall erlaubte es Charlotte, sich müde in den Sitz zu lehnen und mit einem tiefen Atemzug die Augen zu schließen. Wie recht dieser dämliche Schotte hatte! Es ging ihn überhaupt nichts an! Sie brauchte wirklich niemanden, der mit dummen Fragen ihr Gewissen noch weiter belastete.

Kapitel 5

Silvermoor

Charlotte fröstelte, als sie die Autotür hinter sich zuschlug und sich im späten Nachmittagslicht des verregneten und wolkenverhangenen Tages den Mauern von *Silvermoor* gegenübersah. Das Anwesen war von beeindruckender Größe, aber die massiven grauen Mauern inmitten der kargen Berglandschaft machten in diesem Licht einen nicht gerade heimeligen Eindruck.

„Hier entlang", rief Matt, der mitsamt ihrem Koffer bereits in der Eingangstür stand, die gut doppelt so hoch war wie eine normale Tür – eines normalen Hauses.

Schnell folgte sie ihm hinein, ihre nassen Schuhe wie eine tote Ratte von sich haltend. Die Atmosphäre der grauen Bergspitzen, zwischen denen langsam der Abendnebel emporstieg, erschien ihr mit einem Mal beklemmend. Ihre von den Anstrengungen der Reise überbeanspruchten Nerven gingen so allmählich mit ihr durch.

„Ist alles in Ordnung? Sie sehen ganz grauenvoll aus, wenn ich das so sagen darf."

Matt sah sie an und schien sich nicht sicher zu sein, was er mit einem überreizten Frauenzimmer anstellen sollte.

Charlotte stellte ihre tropfenden Manolos neben der Tür ab und rieb sich die pochenden Schläfen, das überaus *nette Kompliment* geflissentlich ignorierend. Neugierig sah sie sich in der imposanten Halle um. Alles war noch genauso, wie sie es aus ihren Kindheitserinnerungen kannte. Das Innere des Anwesens stand in deutlichem Gegensatz zum schroffen Äußeren. Dicke Teppiche bedeckten die polierten Steinböden. Im warmen Holz der eleganten Möbel spiegelte sich das Licht der Strahler, die über jedem der vielen Kunstgemälde angebracht waren, und der leichte Geruch von Vanille versetzte sie zurück in eine andere Zeit. Charlotte öffnete ihren Mantel. Trotz ihrer Erschöpfung fühlte sie sich nun, wo der Regen ausgesperrt und der Wind durch die massive Tür nicht einmal mehr zu hören war, wieder wohler. Sie wollte Matt ein beschwichtigendes Lächeln schenken, bemerkte aber selbst, dass es nur zu dem gezwungenen Lächeln reichte, das sie in der Galerie einsetzte.

„Das war ein langer Tag", gestand sie und schlüpfte aus dem Mantel. „Aber eine Tasse Tee würde meine Lebensgeister sicher wieder wecken."

Matt stellte den Koffer ab und strubbelte sich grübelnd durch die feuchten Strähnen. Er deutete hinter sich.

„Dort ist die Küche … aber Sie kennen sich bestimmt noch aus hier. Soll ich Ihr Gepäck zuerst in Ihr Zimmer bringen, oder …" Er sah in die Richtung, in der sich die Küche befand. „… oder wollen Sie …?"

Charlotte deutete auf die Treppe.

„Ich würde mich gerne kurz frisch machen – und dann können Sie mir hoffentlich bei einer Tasse Tee einige meiner Fragen beantworten."

Matt nickte und wuchtete den Koffer wieder hoch.

„Aye, sicher, aber ich sag es ihnen gleich. Ich hab nicht viel Zeit, und wenn sie Antworten wollen, dann sollten sie vielleicht besser Mister Harrold fragen. Ich bin ja nur fürs Haus", er zwinkerte verschmitzt, „und seine Bewohner verantwortlich."

Charlotte sah ihm wortlos nach, wie er gelassen die ausladend gewundene Treppe zur Empore hinaufstieg. Auch dort hingen an den Wänden die Werke alter Meister, und Charlotte atmete tief das Aroma der wertvollen Kunstwerke ein. Ehrfürchtig schweifte ihr Kennerblick über die Leinwände, und sie bewunderte hier die Farbgebung eines Gemäldes und dort die außergewöhnlich kühne Pinselführung, während sie Matt folgte. Es kam ihr vor, als spürte sie ihre Tante hinter sich stehen und auf die Besonderheiten der einzelnen Bilder aufmerksam machen. Helen war doch in all den Jahren die Einzige gewesen, die Charlottes Liebe zur Malerei geteilt hatte. Sie lächelte, als sie an die Staffelei dachte, die ihr Helen zu ihrem siebten Geburtstag geschenkt hatte. Und an den missbilligenden Blick ihrer Mutter, als Charlotte eines ihrer besten Kleider mit der teuren Ölfarbe ruiniert hatte. Heute würde sie alles dafür geben, noch einmal einen Blick ihrer Mutter auf sich zu spüren – und sei es auch nur ein missbilligender. Schnell, um sich abzulenken, ging sie weiter.

Matt wartete schon mit dem Rücken am Türrahmen lehnend, als sie zu ihm aufschloss.

„Ich hoffe, es gefällt Ihnen. Es gibt noch andere Zimmer, aber dieses liegt der Küche am nächsten. Ich dachte, Sie würden nicht gerne durch lange zugige Gänge huschen, um sich ein Ei zu braten."

„Danke. Es ist perfekt."

Charlotte sparte es sich, ihn darauf hinzuweisen, dass sie seit einer Ewigkeit kein Ei mehr gebraten hatte, aus Angst, Dan könnte die verräterischen Spuren an ihrem Körper finden und sie durch noch härteres Work-out für diese Sünde bestrafen.

Matt war hinter ihr eingetreten, und erst jetzt bemerkte sie wieder, wie groß dieser Schotte war. Seine breiten Schultern nahmen beinahe den ganzen Türrahmen ein, und die Möbel wirkten neben ihm klein und zerbrechlich. Selbst ihr roter Koffer kam ihr zu seinen Füßen überhaupt nicht mehr überdimensioniert vor.

Sie strich beiläufig über die Oberfläche des Schminktischs, auf dem einige buntglasige Flakons standen, und bewunderte das ausladende Himmelbett. Die Bettvorhänge hatten die blassgrüne Farbe einer taubedeckten Wiese.

„Ich werde ja auch nicht lange bleiben. Ich stecke eigentlich mitten in den Hochzeitsvorbereitungen."

Matt überging ihre Antwort, nachdem er offensichtlich damit zufrieden war, dass sie ihr Zimmer mochte. Er tippte sich zum Gruß an die Stirn und schlenderte zur Tür.

„Fein. Dann mach ich uns mal einen Tee. Beeilen Sie sich ein bisschen, denn ich hab noch zu tun."

Trotz der Eile, zu der der Schotte sie antrieb, ließ sie sich erschöpft aufs Bett fallen und schloss einen Moment die Augen. In ihrem Kopf toste ein regelrechter Wirbelsturm, und sie zwang sich, ihre fest aufeinandergepressten Kiefer zu lockern. Sie war froh um ihre Weitsicht, die sie ihre Beißschiene hatte einpacken lassen. Denn bereits während der letzten Tage in London hatte sie vor Ärger und Anspannung wieder viel zu oft mit den Zähnen geknirscht. Ihr ganzer Kiefer schmerzte.

Sie überlegte, ob sie wohl Zeit für eine Dusche haben würde – oder wenigstens für einen Anruf bei Francis? Müde setzte sie sich auf und seufzte niedergeschlagen. Für einen Anruf bei ihrem Verlobten war es noch zu früh. Falls der, wie so oft, noch in einem längeren Geschäftsessen festsaß, würde er über jegliche Störung verärgert sein. Und sosehr sie sich auch danach sehnte, sich mit einer heißen Dusche die Kälte aus den Knochen zu vertreiben, siegte doch ihre

Neugier. Der Anruf des Anwalts hatte mehr Fragen aufgeworfen, als Antworten gegeben. Das Einzige, das sie während des kurzen Gesprächs wirklich realisiert hatte, war, dass Helen nicht mehr am Leben war.

Sie war im Grunde nur wegen des Anwalts hierhergekommen. Aber sicher wusste Mister O´Donnely mehr. Schließlich kümmerte er sich hier um alles.

Und um dessen Geduld nicht weiter zu strapazieren, löste sie nur ihren Haarknoten im Nacken und kämmte sich die dunklen Strähnen mit den Fingern durch. Bis sie in diesem Riesenkoffer die Bürste finden würde, konnten Wochen vergehen. Sie schlüpfte aus dem dunklen Blazer und öffnete die obersten drei Knöpfe ihrer gelben Bluse, sodass diese elegant, aber luftig um ihre Schultern floss. Dann öffnete sie nacheinander die bunten Flakons und schnupperte an den verschiedenen Parfums. Tante Helen hatte nie Parfum benutzt, wohl aber die kunstvollen Fläschchen gesammelt. In jedem Zimmer reihten sich die glitzernden Glasphiolen irgendwo aneinander. Charlotte trug einen Tropfen eines leicht blumigen Duftes auf ihre Handgelenke auf und führte diese dann bedächtig an den Hals, um den flüchtigen Hauch der Blüten auch dort zu verteilen. Ihr schwarzer Bleistiftrock hatte kaum Regen abbekommen, und so konnte sie ihn noch gut bis nach dem Tee anbehalten, aber ihre perfekt pedikürten Füße waren inzwischen blau vor Kälte. Entnervt näherte sie sich dem Koffer. Anscheinend blieb ihr wirklich nichts erspart!

„Na los, du Monstrum!", murrte sie und stemmte den Deckel auf. „Spuck Schuhe aus!"

Nacheinander zog sie helle, dunkle und silberglänzende Pumps heraus, fühlte sich aber unerklärlicherweise zu keinen davon hingezogen. Mit einem sehnsüchtigen Blick erhaschte sie das einzige Paar Wollsocken, das sie überhaupt besaß und von dessen Existenz niemand – nicht einmal Francis – etwas ahnte. Nur wenn sie richtig krank war (so krank, dass sie ganz sicher keinen Besuch empfangen würde), gab sie sich ihrem Verlangen nach der Wärme und Geborgenheit hin, die diese Socken zusammen mit ihrer College-Jogginghose und dem viel zu großen Männerpulli, den ihr erster Freund vor vielen Jahren bei ihr vergessen hatte, ihr spendeten. Sie hatte dieses Schlabber-Outfit für den Fall eingepackt, dass sie sich nach der Beerdigung ihrer Tante womöglich einsam fühlen könnte. Wenn sie sich dann schon nicht an Francis' Schulter lehnen und bei ihm Trost finden konnte, wollte sie sich eben darin vergraben. Es würde sie ja niemand so zu Gesicht bekommen. Silvermoor lag ein ganzes Stück abseits jeder Hauptstraße, und wer nicht hierher wollte, hatte keinen Grund, der gewundenen Singletrackroad so weit in die Highlands zu folgen. Doch egal, wie sehr sich ihre kalten Füße nach den Wollsocken sehnten, so tief war sie noch nicht gesunken, dass sie sich diesem ungehobelten Schotten so zeigen würde.

Sie rieb sich kurz die Zehen, um die Durchblutung anzukurbeln, und schlüpfte dann stöhnend in die dunklen Pumps.

Als Charlotte in die Küche kam, saß der Hausverwalter gemütlich da, die langen Beine lässig von sich gestreckt und die Arme vor der Brust verschränkt.

„Ich hoffe, ich habe Sie nicht zu lange warten lassen, Mister O´Donnely."

Charlotte rückte sich einen Stuhl zurecht und setzte sich ihm gegenüber.

„Nein, nein. Das geht schon. Diese erzwungene Pause tut sogar ganz gut." Er stand überraschenderweise auf und griff nach der Teekanne. „Und nennen Sie mich Matt. So ein

Getue brauch ich hier nicht – sind ja nur Sie und ich hier, also wird's schon in Ordnung sein, aye?"

Es war beinahe albern, den Schotten mit den geblümten Tassen hantieren zu sehen. Nicht nur, dass das feine Porzellan in seinen Händen wie das winzige Geschirr einer Kinderteeparty wirkte – er schien sich auch nicht wirklich für das Getränk erwärmen zu können. Zumindest vermutete Charlotte das, dem kritischen Blick nach, mit dem er die goldgelbe Flüssigkeit in seiner Tasse bedachte. Er sah sie kurz zweifelnd an, ehe er mit einem Schulterzucken einen silbernen Flachmann aus der Hemdtasche zog und einen Schuss Whisky in seinen Tee gab.

„Schon besser", brummte er, setzte sich wieder und nahm einen Schluck.

Auch Charlotte nippte und rückte ihren Stuhl noch ein Stück näher an den Tisch.

Es war beinahe unmöglich, seinen langen Beinen und den schmutzigen Stiefeln unter dem Tisch zu entgehen.

„Schön, Matt." Sie hob ihre Tasse. „Dann nennen Sie mich doch auch einfach Charlotte. Ich will Ihnen ja kein unnötiges *Getue* zumuten."

Er grinste frech. „Das wäre ja auch ziemlich merkwürdig, wo Sie mir doch erst kürzlich so … nahe gekommen sind, meinen Sie nicht auch?"

Diesmal redete sich Charlotte felsenfest ein, die Hitze in ihren Wangen käme allein von der Temperatur des Tees. Sie versuchte, sich nicht schon wieder von diesem Kerl aus der Fassung bringen zu lassen. So kühl wie möglich straffte sie ihre Schultern und ermahnte ihn.

„Ich möchte doch um etwas mehr Respekt bitten. Immerhin gab es hier vor wenigen Tagen einen Todesfall, der mich sehr bestürzt hat. Ich finde nicht, dass es die passende Gelegenheit für Ihre Scherze ist."

Matt leerte die Tasse und stützte die Hände auf die Tischplatte. „Richtig. Wie konnte ich das nur vergessen? Da hab ich die alte Dame doch allein und reglos hier gefunden, versucht zu helfen, wo nichts mehr zu retten war, um am Ende zuzusehen, wie der Bestatter sie mitgenommen hat! Aber wie gut, dass Sie nun hier sind, und genau zu wissen scheinen, was angemessen ist und was nicht. Wenn Sie doch nur schon früher einmal ihren kleinen Londoner Hintern hierher bewegt hätten, wär die gute Helen an jenem Abend vielleicht nicht allein gewesen – und nicht jede Hilfe zu spät gekommen."

Er schob den Stuhl zurück und tippte sich zu einem ironischen Gruß an die Stirn. „Guten Abend noch, Miss Finnegan."

Verdutzt lauschte Charlotte den sich rasch entfernenden Schritten und dem Schlagen der Eingangstür. So hatte sie sich das Gespräch nun nicht gerade vorgestellt. Verärgert knirschte sie mit den Zähnen.

„Jetzt bin ich so schlau wie vorher!", murmelte sie ungehalten und starrte wütend in ihre Tasse, als lägen die Antworten auf ihre Fragen im krümeligen Teesatz. Die Schuldgefühle, die Matts Worte wie mit glühenden Eisen in ihr Herz gebrannt hatten, wollte sie unter keinen Umständen zulassen. Wie konnte er es wagen, ihr die Schuld zuschieben zu wollen? Dieser elende Schotte!

Stunden später lag Charlotte unruhig in dem großen Himmelbett und zählte die Blütenblätter, die in die Bettpfosten geschnitzt waren. Es gelang ihr trotz ihrer Müdigkeit nicht, sich zu entspannen. Nach dem unerwarteten Abgang des Schotten hatte sie sich geduscht, eine Kleinigkeit aus dem Kühlschrank gegessen und versucht, Francis anzurufen, aber jedes Mal nur die Mailbox erreicht. Nun wartete sie auf einen Rückruf. Bestimmt war das der Grund, weshalb sie nicht einschlafen konnte. Der unbedingte Wunsch, seine Stimme zu hören, hielt sie wach. Nur er würde ihr die nötige Ruhe schenken. Immerhin war er seit dem Tod ihrer Eltern der einzige Mensch, der zumindest annähernd so etwas wie eine Familie für sie darstellte. Und nun, da auch Helen nicht mehr da war, gab es tatsächlich nur noch ihn. Es war äußerst ernüchternd, zu erkennen, dass sie im Grunde allein war.

Charlotte rollte sich auf den Rücken und zog die Decke noch ein Stück höher.

Vielleicht war die überstürzte Verlobung das Beste, was ihr hatte passieren können. Mit Francis als ihrem Mann an ihrer Seite würde sie nicht länger einsam sein. Sie würde wieder eine Familie haben. Ihre eigene. Und ein richtiges Zuhause, wo sie mit ihm zusammenleben würde. Aber wollte sie überhaupt ihre Wohnung aufgeben?

Ein polterndes Geräusch riss sie aus ihren Gedanken. Sofort war Charlotte hellwach. Sie hatte vor dem Zubettgehen jede Tür sorgfältig verschlossen, denn schon die Tatsache, allein mitten im nebelverhangenen schottischen Hochland zu nächtigen, hatte ihr Unbehagen bereitet. Zu genau erinnerte sie sich an all die Geschichten über das alte Volk, die Helen nur zu gerne erzählt hatte. Das Hochland ist magisch, hatte sie immer wieder gesagt. Und unheimlich – fügte Charlotte im Geiste hinzu.

Wieder war etwas zu hören. Ein Schaben.

Schnell sprang sie aus dem Bett und wickelte sich in die Decke. Das Herz klopfte ihr bis zum Hals, und ihre Hände zitterten, als sie die Tür einen Spaltbreit öffnete und in den dunklen Flur schielte.

Von unten drang ein schwacher Lichtschein herauf, und sie hörte Schritte.

„Du meine Güte!", keuchte sie und drückte hastig die Tür wieder zu. Hier gab es nichts, das sie als Waffe hätte verwenden können, und sie zweifelte auch daran, dass sie den Mut aufbringen würde, sich einem Einbrecher zu stellen. Sicher glaubte der, nach Helens Tod leichte Beute in dem verlassenen Haus zu machen. Nur dass es eben nicht verlassen war!

Charlotte ließ die Bettdecke fallen und hechtete zu ihrem Handy. Sie musste die Polizei rufen! Aber bis die hier wäre …

Francis war ihr von London aus auch keine große Hilfe. Noch während sie überlegte, was sie tun sollte, schielte sie erneut in den Flur. Das Licht, das eben noch zu sehen gewesen war, war nun erloschen. Hatte sie sich alles nur eingebildet? Ängstlich öffnete sie die Tür noch einen Spaltbreit und lauschte angestrengt über ihr laut schlagendes Herz hinweg. Nichts mehr zu hören. Sie trat auf den Flur. Noch immer vollkommene Stille.

Charlotte wischte sich die schweißnassen Hände an ihrem Nachthemd ab und atmete erleichtert aus. Vielleicht hatte sie das alles nur geträumt? Sie sah hinüber zu ihrem Zimmer. War sie womöglich einfach eingeschlafen?

Ein Tappen direkt hinter ihr ließ Charlotte kreischend herumwirbeln. Ein dunkler Schatten ragte über ihr auf, und sie schlug panisch um sich, wobei ihr vor Schreck der eigene Schrei in der Kehle stecken blieb.

„Verflucht!" Der Schatten packte sie an der Schulter. Er war kalt und feucht, und sein fester Griff fühlte sich viel zu reell an, um einem Albtraum entsprungen sein zu können. Nun fand ihr Schrei doch seinen Weg aus ihrer Kehle und hallte gellend von den finsteren Wänden wider.

„Sind Sie wahnsinnig? Was machen Sie hier?", brüllte der Dämon über ihr Kreischen hinweg.

Charlotte riss sich los, strauchelte und taumelte gegen die Wand hinter sich. Dabei kam sie auf den Lichtschalter, und im nächsten Moment wurde es hell. Der Dämon wurde zu Matt O´Donnely.

„Ich? Was ich hier mache?", kreischte sie noch immer schrill wie eine Alarmglocke und fasste sich ans Herz, das aus ihrer Brust zu hüpfen drohte. „Die Frage ist doch, was Sie hier machen!"

Matt deutete auf die Toastscheiben, die auf dem Teppich verstreut lagen und wischte sich einen Spritzer Senf von der nackten Brust.

„Wonach sieht es denn aus?", fragte er und bückte sich nach dem Brot. „Sie Furie haben mir mein wohlverdientes Abendbrot aus der Hand geschlagen!"

Er wischte theatralisch nicht vorhandenen Schmutz vom Toast und rückte die Wurstscheibe wieder in die Mitte, ohne Charlotte dabei aus den Augen zu lassen.

„Wie kommen Sie dazu, hier nachts im Haus herumzuschleichen?", schrie sie noch immer aufgebracht. Sie musste einen Puls von 300 haben, wenn sie bedachte, wie ihr das Blut gegen die Schädeldecke hämmerte.

Matt hob überrascht die Augenbrauen und deutete ein Stück den Flur hinunter.

„Ich wohne hier. Da hinten und dann die dritte Tür rechts – das ist mein Zimmer. Und ich schleiche, weil ich Sie nicht wecken wollte. Verzeihen Sie meine Rücksicht", erwiderte er ironisch und biss in sein Sandwich.

Charlotte kam sich ziemlich dumm vor. Sie wusste genau, mit welchem Blick Francis sie in diesem Moment ansehen würde. Sie hörte beinahe sein spöttisches „*Also wirklich, Charlotte!*" Trotzdem fühlte sie sich im Recht. Matt mochte einen guten Grund haben, hier zu sein, aber das hatte sie ja nicht ahnen können.

„Schön – Sie wohnen also hier. Prima! Aber wäre es zu viel verlangt gewesen, mir das schon heute Nachmittag zu sagen? Es gefällt mir nicht, mit Ihnen unter einem Dach zu schlafen. Ich hätte mir ein Hotel genommen."

Matt verdrückte den letzten Bissen seines Brotes, und sein Mundwinkel zuckte überrascht. „Sie haben doch nicht etwa Angst vor mir?"

Charlotte wurde sich ihrer spärlichen Nachtwäsche bewusst und verschränkte schützend die Hände vor ihrer Brust. „Natürlich nicht! Aber wir kennen uns überhaupt nicht, und … und Sie schleichen nachts halb nackt vor meiner Tür herum!"

Matts Lachen klang viel zu warm für diese peinliche Situation. In seinen Augen blitzte es amüsiert. „Halb nackt? Das ist Ihnen also aufgefallen, aye? Wäre es Ihnen lieber, ich hätte mich ganz ausgezogen?"

Matt genoss es, wie sich Charlottes Wangen bei seinem Scherz sofort wieder tiefrot verfärbten. Er hörte ihre Zähne knirschen und grinste über ihren wütenden Blick. Vielleicht hatte er ja ins Schwarze getroffen, wenn sie so heftig reagierte. Ihre Brust hob und senkte sich bei jedem empörten Atemzug unter ihrem grau melierten Nachthemd, und der Gedanke, sich … und sie doch noch ganz auszuziehen, gewann an Reiz. Nur ihre schmal zusammengepressten Lippen hielten ihn davon ab, es auf einen Versuch ankommen zu lassen. Das – und die Tatsache, dass er keine Lust auf ein Techtelmechtel mit einer versnobten Städterin hatte. Solche Weiber bereiteten einem nur Kopfschmerzen.

Er ließ seinen Blick ungeniert über ihre langen, schlanken Beine gleiten. Vielleicht waren es diese Beine wert, die

Kopfschmerzen zu ertragen? Er war so vertieft in seine Betrachtung, dass erst Charlottes wütendes Schnauben wieder seine Aufmerksamkeit erregte. Hatte sie etwas gesagt?

„… keine Manieren! Gute Nacht!" Sie drehte sich auf dem Absatz um und stürmte in ihr Zimmer. „Und halten Sie sich von meiner Tür fern!"

Der Knall der Tür klang endgültig, und Matt rieb sich schmunzelnd den Nacken. Eigentlich schmerzte ihn jeder Muskel in seinem Rücken, weil er die letzten Stunden mit dem vergeblichen Versuch, eine Glasscheibe in der Decke des Pavillons auszutauschen, verbracht hatte. Dass dieser Abend noch so unterhaltsam werden würde, hatte er nicht erwartet. Er sah auf die Tür und fragte sich, was wohl im Kopf der Frau vorgehen mochte, die sich so leicht aus der Fassung bringen ließ.

Charlotte lehnte mit dem Rücken an der Tür und versuchte ihren Puls unter Kontrolle zu bringen. Dieser aufgeblasene Schotte! Wie konnte er es wagen, sie ständig mit solchen unangebrachten Anzüglichkeiten zu konfrontieren? Glaubte er etwa, er sei unwiderstehlich? Da täuschte er sich! Nur weil er halbwegs nett anzusehen war, war er noch lange nicht ihr Typ! Sie schnaubte und ging zum Schminktisch, wo sie ihre Beißschiene aus dem Kosmetiktäschchen nahm. Schnell, ehe sie wieder vor Wut mit den Zähnen knirschte, steckte sie sich das türkisgrüne Kunststoffteil in den Mund und ging unruhig auf und ab.

Dass dieser Matt nur wenige Zimmer weiter schlief, gefiel ihr überhaupt nicht. Nun, zweifellos schlief er in diesem Moment nicht, sondern amüsierte sich über sie!

Als ihr Handy klingelte, zuckte Charlotte zusammen.

„Wasch?", nahm sie das Gespräch zornig an.

„Charlotte?"

Natürlich! Jetzt rief Francis an – jetzt, Stunden, nachdem sie den Trost und Beistand seiner Worte hätte brauchen können!

„Wer schonscht?", fragte sie gereizt.

„Du klingst so merkwürdig. Ist alles in Ordnung?"

Erschrocken schlug sich Charlotte die Hand vor den Mund und pulte die Beißschiene aus ihren Zähnen.

„Nichts ist in Ordnung. Du hättest mitkommen sollen – ich bin mit allem hier vollkommen überfordert!", gestand sie, nicht länger die Kraft aufbringend, wütend zu sein.

„Ich hatte auch einen wahnsinnig anstrengenden Tag. Du kannst dir nicht vorstellen, welche Änderungswünsche der Kunde geäußert hat. Wenn ich die Immobilie noch an ihn loswerden will, muss ich mich ordentlich ins Zeug legen. Ich habe gerade stundenlang mit einem Innenarchitekten das ganze Ausmaß der Sonderwünsche diskutiert, und …"

Charlotte nahm das Handy vom Ohr und schloss die Augen. Sie zählte bis zehn und atmete tief in ihr Zwerchfell, so wie sie es im Yoga gelernt hatte. Sie durfte nicht so streng mit ihm sein. Er hatte ja keine Ahnung, wie verkorkst ihr Tag gewesen war. Trotzdem hätte sie sich etwas mehr Zuspruch gewünscht.

„… kannst du dir das vorstellen? Drei Millionen Pfund! Und das, ohne mit der Wimper zu zucken!"

„Unfassbar", murmelte sie zustimmend, ohne wirklich wissen zu wollen, was es mit den Millionen auf sich hatte.

„Du sagst es, Charlotte, du sagst es. Ach übrigens – meine Mutter hat ein Streichorchester gefunden, das du dir unbedingt anhören solltest. Sie sagt, es sei perfekt für die Feier im Garten."

„Hast du es dir bereits angehört?"

„Unsinn. Von solchen Dingen verstehe ich nichts. Ich vertraue dir und Mutter – ihr macht das schon. Weißt du denn inzwischen, wann du zurück nach London kommst?"

Charlotte dachte über den Tag nach. Über den Flug, das Gedränge am Flughafen, die unglückliche Begrüßung mit dem Hausverwalter und seiner Flucht aus der Küche, ehe sie auch nur eine Frage hatte stellen können.

„Nein, ich … Es hat sich noch keine Gelegenheit ergeben, mit Mister O´Donnely über alles zu sprechen."

„Na dann pass nur auf, dass der alte Hausmeister nicht auch noch an Altersschwäche stirbt, ehe ihr das geregelt habt", witzelte Francis. Charlotte brauchte einen Moment, sich daran zu erinnern, dass sie ihm gesagt hatte, Jack O´Donnely sei uralt.

Ihr Mund war plötzlich ganz trocken, und sie sah die senfbekleckerte Brust von Matt vor sich. Das spöttische Funkeln in den überhaupt nicht uralten Augen. Sie dachte an seinen Griff um ihre Schultern, seinen männlichen Duft …

„Charlotte? Bist du noch dran?"

„Hm? Ja, sicher. Nur hier …" Sie schüttelte den Kopf und vertrieb diese unsinnigen Gedanken. „… ist das Netz etwas schlecht. Sobald ich weiß, wann alles vorüber ist, melde ich mich."

„Ruf besser meine Mutter an. Ich werde morgen den ganzen Tag mit dem Architekten und dem Vorarbeiter der Baufirma unterwegs sein. Du weißt, dass …"

„Natürlich. Keine Sorge, ich werde dich nicht stören."

„Du bist immer so rücksichtsvoll, Charlotte. Hab eine angenehme Nacht."

Eine angenehme Nacht? Charlotte hätte sich beinahe verschluckt. Sie verkniff sich ein Kichern, als sie daran dachte, dass Rory immer von einem Stock in Francis'

Hintern sprach. Heute konnte auch sie diesen Stock erahnen – selbst durchs Handy.

Kapitel 6

Am nächsten Morgen wurde Charlotte davon geweckt, dass ein hartnäckiger Sonnenstrahl durch einen schmalen Spalt zwischen den Vorhängen drang und genau auf ihr Gesicht fiel. Sie drehte sich weg, aber es war zu spät. Der schöne Traum verflüchtigte sich, sodass sie schon nicht mehr wusste, wovon er gehandelt hatte, als sie vorsichtig ein Auge aufschlug. Sie lächelte, als sie den Betthimmel über sich ausmachte. Wann immer sie als Kind Tante Helen besucht hatte, war sie sich in den Himmelbetten wie eine kleine Prinzessin vorgekommen.

Sie gähnte, wobei sich die Beißschiene mit einem feuchten Schmatzen vom Oberkiefer löste. Sie nahm sie heraus und ließ sie aufs Nachttischchen fallen, ehe sie sich müde übers Gesicht rieb. Der Blick auf den Wecker ließ sie erschrocken auffahren.

Es war bereits nach neun.

„Du meine Güte!", flüsterte sie und eilte ins angrenzende Bad, wo sie sich die Zahnbürste in den Mund steckte. Mit Schaum zwischen den Lippen kam sie zurück in ihr Zimmer und suchte im Koffer nach ihrem Fitnessdress. Sie wühlte sich durch die Klamotten. Wühlte noch einmal, aber abgesehen von ihrem Sport-BH wurde sie nicht fündig.

Der Schaum lief ihr aus dem Mund und zwang sie, ihre Suche zu unterbrechen. Sie wusch sich fertig, bürstete ihr Haar und durchforstete dann ihr Gepäck erneut – mit dem gleichen Ergebnis.

Da es für heute ohnehin schon etwas spät für ihr Work-out war – und sich der sadistische Dan Hunderte von Meilen weit weg befand – würde sie eben ausnahmsweise einen sportfreien Morgen einlegen. Auch wenn ihre künftige Schwiegermutter ganz sicher die Hände über dem Kopf zusammenschlagen würde, wüsste sie davon.

Nachdem sie sich mit den 200 Kalorien abgefunden hatte, die sie heute *nicht* verbrennen würde, machte sie sich bereit für ein neuerliches Wiedersehen mit Matt. Was bedeutete, dass sie sich extra viel Mühe mit ihrem Äußeren gab, um ihm keine zusätzliche Angriffsfläche zu bieten. Erwachsen, gebildet und seriös – so sah sie in ihrem Hosenanzug aus. Und so würde er sie heute auch kennenlernen.

„Greif ihm nur nicht mehr zwischen die Beine, dann wird das", flüsterte sie ihrem Spiegelbild zu, ehe sie in die Küche ging.

Bereits auf der Treppe schlug ihr der Duft von Eiern und gebratenen Würsten in Butter entgegen und ließ ihr das Wasser im Mund zusammenlaufen. Musik drang durch die Tür. Es war genauso wie immer, wenn sie hier war. Sie trat mit einem Lächeln auf den Lippen ein. Eine Sekunde lang wunderte sie sich über den Mann in der Küche, denn irgendwie hatte sie damit gerechnet, Tante Helen die luftigen Eierkuchen wenden zu sehen. Das war natürlich Unsinn, denn Helen war tot. Darum war es Matt, der die Würstchen direkt aus der Pfanne mit einem großzügigen Schwall geschmolzener Butter auf die gerösteten Brotscheiben gleiten ließ.

Er war unrasiert, sein Hemd hing ihm schief aus dem Hosenbund, und er trug weder Schuhe noch Socken. Er pfiff zur Musik und zwinkerte ihr zu, als er sie bemerkte.

„Ich hab uns Frühstück gemacht", erklärte er unnötigerweise und deutete auf den gedeckten Tisch.

Ein Körbchen mit weiteren gerösteten Brotscheiben, ein

Topf dunkle Marmelade und zum Dreieck gefaltete blaue Servietten – er hatte sich wirklich Mühe gegeben, und Charlotte war nur zu gerne bereit, sein Friedensangebot anzunehmen. Sie beide hatten sich gestern einfach auf dem falschen Fuß erwischt.

„Es sieht sehr … kalorienreich, aber auch wahnsinnig köstlich aus." Charlotte trat an den Tisch und goss ihnen Kaffee ein. Anscheinend hatte sie gestern richtig vermutet – er war kein Teetrinker. Ihr war das recht, auch wenn Margarete stets behauptete, Koffein würde dem Teint schaden.

Er musterte sie verwundert. „Sie sehen nicht so aus, als müssten Sie sich über ihr Gewicht Sorgen machen."

Sie strich sich verlegen über den taillierten Blazer und rückte das Besteck neben dem Teller gerade. „Das denken Sie. Ich arbeite hart für …" Sie stockte. Was redete sie denn da? Wollte sie wirklich über ihre Figur mit diesem ungepflegten Kerl sprechen? Er würde über ihr hartes Workout ja nur lachen, weil er es selbst offenbar nicht einmal schaffte, sich zu rasieren!

„Für das da?", vervollständigte er ihren Satz während sein Blick noch einmal von oben nach unten über sie glitt. Schnell zog sie sich den Stuhl heraus und setzte sich.

„Wie auch immer – wollen wir nun essen oder warten, bis alles kalt ist?"

Matt grinste und reichte ihr den voll beladenen Teller.

„Aye, natürlich! Langen Sie zu. Vielleicht wird dann Ihre Laune besser", stichelte er, aber Charlotte hatte nicht vor, sich von ihm reizen zu lassen.

Mit mehr Genuss, als sie zugeben würde, ließ sie sich das Ei auf der Zunge zergehen und spülte es mit einem Schluck des starken Kaffees hinunter. Tage sollten viel häufiger so beginnen!

„Meine Laune ist nicht schlecht – ich bin nur sehr traurig wegen Helen. Es tut mir leid, sollte ich das an Ihnen ausgelassen haben."

„Ach, verflucht, das ist schon in Ordnung. Ich wollte Ihnen gestern Abend auch keine Angst einjagen."

„Sie fluchen aber ganz schön viel."

Charlotte sah ihn amüsiert an. Es passte zu seiner herben, männlichen Art, aber normalerweise hörte sie am Frühstückstisch keine Flüche. Als wäre ihm das nicht einmal unangenehm, zog er nur den Mundwinkel nach oben und stopfte sich dann ein Stück Wurst in den Mund.

„'tschuldigung. Fluchen Sie denn nie?"

Sie musste nicht überlegen. „Nein. Ich … habe Manieren." Sie musste schmunzeln, als sie das sagte, und Matt sah sie herausfordernd an.

„Ach wirklich?" Er legte seine Gabel beiseite und streckte wieder seine Beine unter dem Tisch aus, sodass er ihre streifte. „Sie fluchen also nie? Niemals?"

Charlotte lächelte. „Nein. Ich denke, es gibt andere Wege, seinen Unmut deutlich zu machen."

Matt rieb sich nachdenklich den Nacken. In seinen gesprenkelten Augen blitzte der Schalk. „Aye, also angenommen, Ihnen fährt ein Bus über den Fuß – Sie würden dann nicht fluchen? Kein ‚Mach die Augen auf, du dämliche Blindschleiche!', oder ‚Pass doch auf, du Hornochse!'"?

Na schön, sie würde sein Spiel mitspielen.

„Angenommen, ein Bus würde mir über den Fuß fahren, … dann müsste doch erst einmal die Schuldfrage geklärt sein. War es überhaupt die Schuld des Busfahrers, oder war womöglich sogar ich selbst – die Blindschleiche? Ich würde vermutlich einen Schmerzensschrei ausstoßen, aber fluchen … nein."

„Aye, na gut." Matt lehnte sich nach vorne. „Und was wäre … wenn …" Er blickte ihr ins Gesicht und zuckte mit den Schultern. „… nein, ich glaube, Sie haben recht! Sie haben gestern zuallererst meinen Penis berührt, und wenn es etwas gäbe, das einen Fluch wert wäre, dann wohl das!"

Charlotte verschluckte sich an ihrem Lachen. Matt sprang auf und klopfte ihr hilfsbereit zwischen die Schulterblätter. Prustend und mit Tränen in den Augen sah sie zu ihm auf.

„Das habe ich Ihnen doch gleich gesagt", presste sie hervor und fragte sich, ob die plötzliche Hitze von der Atemnot, seiner unerwarteten Nähe oder dem Gesprächsthema kam.

Matt griff sich seinen Kaffeebecher und lehnte sich entspannt an die Anrichte aus Kirschbaumholz.

„Sie haben ‚Du meine Güte!' gesagt! Du meine Güte?", lachte er ungläubig und schüttelte den Kopf. „Sie sollten wissen, dass das meinem Ego ordentlich zusetzt. Ich hatte zumindest ein ‚Heilige Scheiße!' erwartet."

Charlotte hielt sich die Hand vor den Mund. Francis würde peinlich berührt im Boden versinken, könnte er dieses Gespräch mit anhören!

„Es tut mir leid für Ihr Ego – ich wollte Ihnen nicht zu nahe treten, aber … solange ich bei klarem Verstand bin, werde ich meine Erziehung auch nicht für Ihren Penis über Bord werfen."

Matts warmes Lachen war der krönende Abschluss eines perfekten Frühstücks, und Charlotte verspürte keine Lust, sich um die Dinge Gedanken zu machen, wegen derer sie überhaupt erst hierhergekommen war. Gemeinsam räumten sie die Küche auf und standen sich dann etwas verlegen gegenüber.

„So leid es mir tut, ich muss jetzt los. Kommen Sie bis heute Nachmittag klar?", fragte Matt und sah auf die Uhr.

„Ja, … sicher. Natürlich komme ich klar. Wo müssen Sie denn hin?"

„Die Arbeit ruft. Zuerst fahr ich aber noch schnell zu meinem Vater raus. Ich reich ihm jeden Tag die Zeitung rein, ehe ich nach den Schafen sehe. Und dann muss ich mein Glück erneut bei diesen – halten Sie sich die Ohren zu – *verdammten* Scheiben versuchen."

„Was sind das für Scheiben, die Ihnen so eine Sprachfarbe verleihen?"

„Wissen Sie von dem Pavillon am Südende des Anwesens? Da, wo der Fluss vorbeifließt?"

Charlotte nickte. Sie erinnerte sich gut daran, war aber leider nicht sehr oft dort gewesen, weil ihre Mutter die Nähe des reißenden Flusses zu gefährlich für Kinder fand. Helen hatte sie trotzdem gelegentlich mitgenommen. Sie hatten nebeneinandergestanden, jede hinter ihrer Staffelei, und versucht, den herbstlich kargen Fels im Hintergrund der rotbraunen Hochebene in seiner wilden Schönheit auf die Leinwand zu bannen.

„Beim letzten Sturm hat der Wind einige der Scheiben des Pavillons zerstört. Ich bin seit Tagen damit beschäftigt, sie auszutauschen, aber in der Decke … ich bräuchte zwei Hände mehr!"

„Vielleicht könnte ich Ihnen helfen?", schlug Charlotte leichthin vor, aber Matt schüttelte den Kopf.

„Nein, nein. Besser nicht. Ihr Nagellack würde abblättern oder so. Jemand wie Sie würde mich nur aufhalten."

Obwohl Charlotte bereits in dem Moment, als sie ihr unbedachtes Angebot aussprach, zweifelte, ob sie so eine Aufgabe überhaupt bewältigen konnte, empfand sie einen schmerzhaften Stich, als er sie so direkt zurückwies.

Sie wandte ihm den Rücken zu und ließ Wasser in das Spülbecken laufen, um die Pfanne noch abzuwaschen.

„Na schön. Dann sehen wir uns ja vielleicht später", gab sie sich kühl und schenkte ihm keine weitere Beachtung mehr. Dieser Typ wusste echt nicht, wie man sich benahm!

„Aye, bis dann."

Charlotte schrubbte die Pfanne etwas fester als nötig und ließ sich dabei ordentlich Zeit, um auch wirklich sichergehen zu können, dem Schotten nicht noch einmal über den Weg zu laufen. Erst als sie seinen Wagen davonfahren hörte, legte sie den Lappen beiseite und strich sich über die streng nach hinten genommenen Haare. Es war absolut unlogisch, sich darüber zu ärgern, *keine* kaputten Fenster reparieren zu müssen – besonders da morgen Helens Beerdigung war. Um ihre Gedanken wieder in geordnete Bahnen zu lenken, beschloss sie, die wenige Zeit, die sie hier in Silvermoor verbringen würde, sinnvoll zu nutzen. Schließlich wollte sie so schnell wie möglich zurück nach London. Sie hatte in der Galerie so viel für die große Vernissage vorzubereiten … und dann war da ja natürlich auch noch ihre Verlobung! Und die Hochzeit!

Charlotte rieb sich die Schläfen.

Die Hochzeit. Nicht nur einfach die Hochzeit, sondern *die* Hochzeit! Margarete hatte keinen Zweifel daran gelassen, dass sie die Vermählung ihres Erben im ganz großen Stil feiern würde. Mit etwas Wehmut verabschiedete sich Charlotte von ihrer Vorstellung einer romantischen Hochzeit im engsten Kreis und begnügte sich damit, zumindest den Mann zu bekommen, den sie immer gewollt hatte. Einen gepflegten, gebildeten Mann mit Manieren, der niemals unrasiert und ohne Socken Eier braten, geschweige denn so unpassende Sprüche klopfen würde wie Matt O´Donnely. Allein wenn sie an die Hände des Schotten dachte, bekam sie eine Gänsehaut. Wie er sie an den Schultern gepackt hatte … hart und beinahe grob! Noch jetzt glaubte sie, seine Berührung zu fühlen. Francis würde sie nie derart rücksichtslos anfassen. Und wenn, dann würde er sich entschuldigen – ihr vermutlich ein Geschenk zur Wiedergutmachung überreichen! Ja, so war Francis, und sie konnte sich wirklich glücklich schätzen, ihn zu haben.

Zu gerne hätte sie ihn jetzt angerufen und ihm genau dies gesagt, aber das war ja nicht möglich. Gedankenverloren rieb sie sich über die Schultern, wo Matts Hände gelegen hatten, und sah aus dem Fenster. Das Wetter war wieder umgeschlagen, und in der Ferne zogen dunkle Wolken auf. Die Berge, die sich in der Ferne vor ihr erstreckten, zeigten sich bei dieser Witterung von ihrer unheimlichen Seite. Grau und karg sahen die schroffen Felsen aus. Und auch die sanften Hügel vor ihr waren matschig und braun. Es schien, als saugten sie selbst aus den gelben Blüten der Ginsterbüsche die Farbe heraus. Charlotte war froh, nicht vor die Tür zu müssen. Als hielten die Bergspitzen die Wolken regelrecht über Silvermoor fest, türmten sich diese dicht an dicht bis zum Horizont. Selbst die Schafe drängten sich eng aneinander und bildeten einen weißen Klecks in der Landschaft, in der sie sich sonst wie weiße Sprenkel verteilten.

Es war das passende Wetter für ein Kaminfeuer und eine heiße Tasse Tee, aber das musste warten, denn sie hatte zu tun. Entschlossen verließ sie die Küche, um den Anwalt anzurufen, als es an der Tür klingelte.

Charlotte runzelte die Stirn. Hoffentlich niemand, der sein Beileid bekunden wollte. Sie konnte nur schlecht mit so etwas umgehen.

Doch der Mann vor der Tür sah nicht aus wie ein einfacher Nachbar. Kein Schlamm an den Stiefeln – ja nicht mal Stiefel, und auch sonst sah er zu gebrechlich aus, als dass er das Leben hier im Hochland wählen würde. Ein raues

Lüftchen konnte ihn vermutlich aus seinen feinen Rindslederhalbschuhen wehen.

„Guten Tag, ich bin Andrew Harrold", stellte er sich mit einer tiefen Stimme vor, die so gar nicht zu seiner Erscheinung passte. „Miss Finnegan, nehme ich an? Mein Beileid zu Ihrem Verlust." Er reichte ihr eine beringte Hand; und sein sanfter Händedruck sollte wohl tröstlich wirken. Aber Charlotte mochte es nicht, wenn sich ein Händedruck anfühlte, als würde man einen toten Frosch in die Hand gelegt bekommen.

„Vielen Dank, Mister Harrold, das ist sehr freundlich." Sie befreite ihre Finger aus seinem schlappen Griff und wischte sich unauffällig die *Froschhand* an der Hose ab. „Ich wollte Sie gerade anrufen."

Er trat ein und sah sich neugierig um. „Ich war zufällig in der Nähe und dachte, ich bringe Ihnen einige der Unterlagen vorbei, die für die Testamentseröffnung am Montag von Bedeutung wären."

Charlotte hörte nur mit einem Ohr zu, denn sie versuchte sich zu erinnern, hinter welcher der vielen Türen sich Helens Arbeitszimmer verbarg. Sie führte den Anwalt durch die Halle und war froh, richtiggelegen zu haben, als sie den kleinen, von Papieren überquellenden Schreibtisch sah.

„Bitte, kommen Sie herein. Möchten Sie einen Tee?"

Harrold winkte dankend ab. „Machen Sie sich keine Mühe. Ich bleibe nicht lange."

Sie räumte einen Stapel Bücher von einem Stuhl und bot Harrold den Sitzplatz an, während sie sich an die Ecke des Schreibtisches lehnte.

„Sie sagten etwas von Testamentseröffnung. Inwiefern brauchen Sie hierfür etwas von mir?"

„Nun, rechtlich kann ich das Testament natürlich erst am Montag vollstrecken, aber da sie Helens Alleinerbin sind, sollten wir einige Dinge bereits jetzt besprechen."

Er bückte sich nach seiner Aktentasche und verschaffte Charlotte einen Moment, in dem sie ihre entglittenen Gesichtszüge wieder unter Kontrolle bringen konnte.

Alleinerbin? Sicher hatte sie sich verhört!

„Mister Harrold, ähm … Entschuldigung, aber was genau meinen Sie mit … Erbin?"

Er sah erstaunt auf. „Wussten Sie das nicht? Helen hatte keine weiteren Verwandten. Sie hat Ihnen all ihren Besitz vermacht, was … wenn ich so sagen darf … nicht gerade wenig ist. Aber …" Er machte eine theatralische Pause. „… aber es gibt auch viel zu tun. Deswegen bin ich hier."

Charlotte schob achtlos die Papiere auf dem Schreibtisch beiseite und setzte sich auf die Tischkante. Ein Stuhl wäre besser, weil der Raum anfing, sich um sie zu drehen. Sie klammerte sich an die Tischplatte und zwang sich zu ihrem einstudierten Lächeln.

„Das … das ist ja …" Sie schüttelte den Kopf. „Damit hatte ich nicht gerechnet", gestand sie.

Der Anwalt rückte sich seine Brille zurecht und blätterte durch die Papiere, die auf seinem Schoß lagen.

„Ab Montag geht die Kunstsammlung, die Einrichtung, das Haus und das gesamte Anwesen von Silvermoor in Ihren Besitz über – sollten Sie das Erbe annehmen." Er hob den Zeigefinger und sah sie wie ein Lehrer an. „Aber beim Haus liegt einiges im Argen. Es muss viel investiert werden, um Silvermoor zu erhalten. Ich wollte, dass Sie das wissen und genug Zeit haben, darüber nachzudenken."

Charlotte sah sich um. Alles schien in bestem Zustand.

„Was meinen Sie? Was muss getan werden?"

Er faltete seine Papiere säuberlich in der Mitte zusammen, während er weitersprach. „Die Details kenne ich nicht, aber der Hausverwalter kann Ihnen sicherlich einen ersten

Überblick verschaffen. Außerdem liegt mir bereits ein Kaufangebot vor, für den Fall, dass Sie alles – so wie es ist – direkt weiterverkaufen möchten. Lassen Sie es mich einfach wissen."

Damit erhob er sich und glättete sein Jackett. Er verneigte sich zum Abschied leicht. „Ach – noch etwas …" Er zog einen Umschlag aus der Tasche. „Der ist für Sie. Helen gab ihn schon vor Jahren in meine Obhut. Ich denke, es ist nicht nötig, ihn bis Montag aufzubewahren."

Mit einem unwirklichen Gefühl griff Charlotte nach dem Brief.

„Montag?", fragte sie verwirrt. Das alles war doch etwas viel auf einmal.

„Die Testamentseröffnung", erinnerte er sie.

„Ich kann nicht bis Montag bleiben. Ich muss … eine Hochzeit planen", erklärte sie matt.

„Nun, bedauerlicherweise ist Ihre Anwesenheit unabdingbar. Ein Notar wird Helen Finnegans letzten Willen verlesen. Sie müssen – sollten Sie das Erbe antreten wollen – die Grundbucheinträge unterzeichnen und noch etliches mehr."

Charlotte nickte. Irgendwie würde sie das schon geregelt bekommen. Sie folgte dem feingliedrigen Mann zur Tür und sah ihm, einen höflichen Gruß murmelnd, nach, als er in seinen empfindlichen Wildlederschühchen zu seinem Wagen eilte. Der Wind hatte aufgefrischt, und Charlotte fröstelte, als sie die Tür schließlich schloss.

Es war, als würde selbst das Wetter Helens Tod betrauern.

Mit bleischweren Gliedern schleppte sie sich in die Küche, und entgegen ihrer Abmachung wählte sie Francis' Nummer. Schon nach dem ersten Klingeln ging die Mailbox ran, was bedeutete, dass er sein Handy ausgeschaltet haben musste. Sie legte resigniert auf und kochte einen Tee. Nicht weil sie einen wollte, sondern nur um etwas zu tun zu haben, während ihre Gedanken um all das kreisten, was ihr Mister Harrold mitgeteilt hatte.

Dies hier sollte nun ihr gehören? Das Haus? Das große Stück Land der hügeligen Hochebene? Die Schafe? Was sollte sie damit anfangen? Warum hatte Helen ihr das alles vermacht? Sie hatte doch gewusst, dass Charlotte in London verwurzelt war. Hätte sie gewollt, dass sie ihr Leben aufgab, um sich um ein altes Haus im schottischen Hochland zu kümmern und eine Handvoll Schafe zu hüten? Sicher hätte ihre Tante das nie von ihr verlangt.

Charlotte schlürfte an dem heißen Tee und schielte auf den Brief, den Helen dem Anwalt anvertraut hatte. Was mochte er enthalten? Und warum hatte ihre Tante – wenn es etwas gab, dass sie ihr unbedingt hatte mitteilen wollen – es nicht einfach gesagt? Warum hatte sie, was immer es zu sagen gab, niedergeschrieben, anstatt es einfach anzusprechen?

Nach einer Weile des stummen Sinnierens hielt sie es nicht länger aus. Sie riss den Umschlag auf. Der Brief, den sie herauszog, war zum Glück sehr viel nüchterner, als sie befürchtet hatte. Kein Parfum war auf das Blatt gespritzt worden, um den Worten darauf mehr persönlichen Nachdruck zu verleihen, und es gab auch keine Tränenspur, welche die Tinte verwischte. Gut. Charlotte war nicht in der Verfassung, irgendwelche epischen Abschiedsworte zu verkraften.

Aber so pragmatisch wie Helen zu ihren Lebzeiten war, so nüchtern hatte sie auch diese wenigen Zeilen verfasst.

Liebste Charlotte,

wir teilen eine große Leidenschaft – die Malerei. Wie du weißt, war ich stets darauf bedacht, niemandem meine Bilder zu zeigen, denn

Schönheit liegt im Auge des Betrachters, und ich hatte Angst, meine Werke könnten durch die Augen eines anderen an Schönheit und Bedeutung verlieren. Wenn du diesen Brief liest, gibt es für mich keinen Grund mehr, mich zu fürchten, und ich überlasse es dir, damit zu verfahren, wie es dir beliebt. Niemandem außer dir würde ich zutrauen, den richtigen Blick für meine Gemälde, den wahren Sinn meines Lebens, zu haben. Wenn du die Bilder findest, wirst du wissen, was damit zu tun ist. Ich vertraue dir.

In Liebe, Helen

Charlotte ließ den Brief sinken. Der Tee war inzwischen kalt geworden, und starker Regen hatte eingesetzt, ohne dass sie es bemerkt hatte. Laut prasselten die Tropfen gegen die Küchenscheibe, und sie wünschte sich in ihre Schlabberjogginghose. Erschöpft fuhr sie sich mit den Fingern unter den Haarknoten und massierte ihre Kopfhaut. *Ich vertraue dir* - was hatte Helen damit nur gemeint?

Sie erinnerte sich noch ganz genau daran, dass ihre Tante sie nie hatte sehen lassen, was sie gerade malte. Selbst dann nicht, wenn sie gemeinsam mit ihren Staffeleien losgezogen waren. Die Erinnerung an die gemeinsame Zeit ließ Charlotte schmunzeln, und sie zuckte zusammen, als plötzlich Matt in der Tür stand.

Sie hatte ihn nicht kommen hören, obwohl er offensichtlich nicht leise gewesen sein konnte. Er war von Kopf bis Fuß nass, und seine Schuhe schmatzten, als er näher kam.

„Du meine Güte, Matt! Was ist denn mit Ihnen passiert?", rief Charlotte und sah sich die Pfütze an, die sich um seine Füße bildete.

Ohne auf ihre Anwesenheit besondere Rücksicht zu nehmen, zog er sich das nasse Hemd aus und wischte sich damit das Wasser aus dem Gesicht.

„Der Regen hat mich überrascht. Ich war auf der Schafweide und … naja, der Boden im Hochland ist bei diesem Wetter verflucht tückisch. Der Rückweg zum Auto hat sich durch das Unwetter in einen beschissenen Sumpf verwandelt. Ich musste einen Umweg gehen und …" Er zuckte mit den Schultern, denn das Resultat stand triefend vor ihr. „Und wie war Ihr Tag?"

„Mein Tag?"

Charlotte hatte Mühe, sich überhaupt an etwas zu erinnern, denn der Anblick von Matts feuchter Brust schien jede einzelne Gehirnzelle zu blockieren. „Ja … nun … also … ich hatte Besuch von Mister Harrold – dem Anwalt … und wie es aussieht … gehört Silvermoor jetzt mir – wenn ich es will." Sie schüttelte noch immer benommen den Kopf und hob dann den Zeigefinger. „Und … und Tante Helen hat irgendwo ihre Gemälde versteckt! Können Sie sich das vorstellen?"

„Aye, bei Ihrer Tante ist doch nichts unmöglich. Aber wo hätte sie hier etwas verstecken sollen? Ich kenne beinahe jeden Raum und habe noch nie etwas gesehen."

Charlotte überlegte, während Matt an seiner nassen Hose herumzupfte. Er würde sie doch wohl hoffentlich nicht auch noch ausziehen? Schnell verwickelte sie ihn wieder ins Gespräch, um ihn vom kläglichen Zustand seiner Beinkleider abzulenken.

„Ich habe keine Ahnung!", gestand sie. „Sie haben doch sehr viel mehr Zeit mit meiner Tante verbracht als ich. Hat sie denn nie etwas darüber gesagt?"

Ihr Plan ging leider nicht auf, denn Matt war noch immer auf seine Hose konzentriert, an der er herumnestelte. „Hmm

… ich erinnere mich an nichts dergleichen. Aber vielleicht mein Vater …“ Er sah sie an. „Aye, wissen Sie was, Charlotte – ich spring unter die Dusche, schlüpf in was Trockenes, und dann können wir ja meinem Vater einen Besuch abstatten. Der wollte schon heute Morgen unbedingt aus dem Bett, nur um Ihnen seine Aufwartung zu machen. Ich hab es ihm verboten. Ich hoffe, Sie nehmen mir das nicht übel.“

„Nein, natürlich nicht! Ich freue mich, ihn nach der langen Zeit wiederzusehen. Gehen wir!“

Matt blickte Charlotte hinterher, die bereits durch die Küchentür eilte. Mit einem verschlagenen Grinsen im Gesicht rief er sie zurück.

„Ähm, Charlotte? Es ist ja nicht direkt so, dass ich Sie davon abhalten würde, mich zu begleiten, aber ich gehe erst duschen, aye?“

„Oh … ich …“ Sie bekam rote Ohren. „… ich warte dann hier auf Sie.“

„Ganz wie Sie möchten, Charlotte – ganz wie Sie möchten.“

„Ja, nein … ich … gehen Sie schon!“

Charlotte knirschte mit den Zähnen, als er lachend davonging. Warum reizte sie dieser Mann nur ständig?

Als würde es sie zu ihm unter die Dusche ziehen! Mit Sicherheit nicht! Sie war schließlich verlobt! Und auch wenn Francis’ Brust nicht ganz so stark aussah wie Matts, war sie doch wenigstens glatt rasiert! Der Schotte konnte sich von Francis’ Körperpflege überhaupt noch eine dicke Scheibe abschneiden. Es war kein Wunder, dass Matt keine Freundin hatte, wenn er seinen Dreitagebart so ungehemmt herumtrug und weder Gel noch Wachs in seine viel zu langen Haare knetete.

Sie runzelte nachdenklich die Stirn. Matt war doch Single, oder? Nur weil er keine Frau oder Freundin erwähnt hatte, musste das ja nichts bedeuten. Und warum machte sie sich überhaupt über seinen Beziehungsstatus Gedanken?

Stattdessen sollte sie lieber überlegen, wo Helen ihre Werke versteckt haben könnte. Sie würde Helens Arbeiten zu gerne sehen. Sicher gab es irgendwo im Haus einen Hinweis darauf. Charlotte durchquerte die Halle und suchte noch einmal das Arbeitszimmer auf. Sie scheute sich, in Helens Unterlagen nachzuschlagen, und wusste ja auch nicht, wonach genau sie eigentlich suchte. Einem Geheimgang hinter den Bücherregalen? Einem Schlüssel zu einem Schloss, das niemand kannte? Einer Schatzkarte? Ratlos saß sie in Helens Sessel und blätterte durch die Papiere, die zuoberst auf dem Schreibtisch lagen. Allesamt Rechnungen. Reparaturen am Haus, so weit das Auge reichte. Undichte Fenster, ein feuchtes Mauerstück und der Austausch von undichten Rohrleitungen. Sie rieb sich die Schläfen. Helen hatte in den letzten Monaten ein Vermögen investiert, um das alles richten zu lassen, aber das Haus war wie ein Fass ohne Boden. Es würde ein weiteres Vermögen verschlingen, ehe Besserung in Sicht wäre. Dutzende weitere Kostenvoranschläge und Umbaupläne fanden sich in einem der offen daliegenden Ordner.

Sie blätterte weiter und fand einen Brief. Es sah wie ein Angebot aus. Ein Herr, namens Clive Whitaker bot Helen darin eine beinahe unverschämt niedrige Summe für Silvermoor. War dies das Angebot, von dem Mister Harrold gesprochen hatte?

Charlotte blieb keine Zeit, sich darüber Gedanken zu machen, denn Matt steckte seinen Kopf zur Tür herein.

„Ah, hier sind Sie ja. Ich bin so weit."

„Prima." Mit einem letzten Blick auf Helens Korrespondenz stand sie auf und folgte Matt aus dem Haus. Auf dem Weg zum Wagen musterte sie den Schotten, der lässig vor ihr herging. Seine Jeans war an den Hosenbeinen etwas ausgefranst, saß aber am Hintern perfekt. Er hatte das nasse Hemd gegen ein einfaches Shirt getauscht, das ihn gleich etwas cooler wirken ließ und seine breiten Schultern betonte.

Sein natürlicher Look war so anders als alles, was ihr in London tagtäglich so begegnete. In ihrem Hosenanzug kam sie sich plötzlich ziemlich albern vor. Erwachsen, elegant und souverän – irgendwo zwischen ihrem Zimmer und dem Auto war die Wirkung ihres Outfits verloren gegangen. Sie glitt auf den Beifahrersitz und zuckte zusammen, als mit dem Motor das Radio anging. Ganz offensichtlich war Matt ein Rockmusikfan. Von seiner Entschuldigung hörte sie nur das Ende, als er die Musik etwas leiser gedreht hatte.

„Ich fahre normalerweise allein, aye?", rechtfertigte er sich und steuerte den Wagen die holprige Straße entlang, die mitten durch das entlegene schottische Bergland führte.

„Dann haben Sie keine Kinder? Oder eine Frau?" Charlotte zuckte zusammen. Wie kam sie dazu, ihm so eine persönliche Frage zu stellen? Als interessierte es sie, ob er vergeben war … Sie sollte sich wirklich auf die Zunge beißen!

Wie sie befürchtet hatte, sah er sie nun forschend an. Was stellte sie auch so eine indiskrete Frage?!

„Nein, habe ich nicht – aber manchmal", er zwinkerte neckisch, „manchmal, wenn ich Glück habe, kommt es vor, dass jemand mein bestes Stück anfasst."

„Du meine Güte!", rief Charlotte und funkelte ihn wütend an. „Wie lange müssen Sie denn noch darauf herumreiten? Das war ein schreckliches Missgeschick, und das kann ich leider nicht ungeschehen machen!"

Matt lachte laut. „Und schon wieder Ihr ‚Du meine Güte!'. Sie sollten mal einen ordentlichen Fluch ablassen und darüber lachen, so ein stolzes Stück Schottland in Händen gehalten zu haben."

„Wie bitte? Ein *stolzes Stück Schottland*? Sie sind wohl kaum selbstverliebt, oder?"

Matt sah sie schräg an. „Aye, liebe dich selbst, wenn es sonst keiner tut – das ist immer noch besser, als in Highheels durch die Gegend zu stöckeln und jede Kalorie zu zählen, obwohl niemand da ist, den es interessiert, wie man aussieht!"

„Ist das der Grund, warum Sie sich nicht rasieren? Weil niemand da ist, den es interessiert?"

Diesmal blitzten Matts Augen – und Charlotte ahnte, dass ihr seine Antwort nicht gefallen würde.

„Ich rasiere mich nicht, weil die Frauen es lieben, wenn mein Bart an ihren Schenkeln kratzt."

Charlottes Augen wurden groß. „Was hat ihr Bart denn mit den Schenkeln irgendwelcher Frauen zu … ohhh …" Die Röte schoss ihr in die Wangen, und sie sah Matt entsetzt an: „Du meine Güte!"

Matt zog den Mundwinkel amüsiert nach oben und sah zurück auf die Straße.

Den Rest der Fahrt verbrachten sie schweigend, und Charlotte ertappte sich immer wieder dabei, wie sie sein stoppeliges Kinn anstarrte. Sie faltete streng ihre Hände im Schoß und verbot sich selbst den kleinsten Gedanken an diese Stoppeln auch nur im Umkreis von einer Meile zu ihren Schenkeln! Guter Gott, sie konnte einfach nicht mit so einer ungehobelten Art umgehen – darum fühlte sie sich so zittrig. Sie war dem nicht gewachsen. Sie brauchte Francis – der würde so ein unmögliches Verhalten nicht dulden!

Kapitel 7

Charlotte ärgerte sich noch immer über Matt, als sie zu dem winzigen, weiß getünchten Haus kamen, das wie ein einsames Schaf mitten im Nichts zu stehen schien. Die grauen Wolken am Himmel berührten das schiefergedeckte Dach beinahe, und nur die rotbraune Katze auf dem Fensterbrett verlieh der Szene einen Farbklecks. Durch den vielen Regen war das Gras, das die Hügel, so weit das Auge reichte, überzog, matschig braun und der Boden satt und dunkel voll Wasser gesogen. Es sah aus, als wäre der Sommer in Schottland bereits vorbei und hätte dem Herbst mit seinen gedeckten Farbtönen Platz gemacht. Die Luft roch nach nasser Erde, und rund ums Haus wuchsen feucht schimmernde Flechten, selbst an der lehmigen Gartenmauer.

Die Wildheit der Highlands war hier so greifbar, als böte nicht einmal das kleine Haus Schutz vor den Widrigkeiten der Elemente, als läge ihr Wohl allein in den Händen des Schicksals.

„Aye, wir sind da. Kommen Sie, mein alter Herr steht sicher schon hinter dem Fenster und beobachtet uns gespannt."

„Weiß er denn, dass wir kommen?"

„Nein – aber ein Auto ist vorgefahren. Das reicht für gewöhnlich aus, seine Neugier zu wecken."

Charlotte musste schmunzeln. Matts Tonfall hatte sich vollkommen verändert, als er angefangen hatte, von seinem Vater zu sprechen.

„Dann sollten wir ihn nicht warten lassen."

Sie stieg aus und versank sofort mit den Absätzen im Schlamm.

„Oh, du meine Güte!", jammerte sie und versuchte vergeblich, die Pumps aus dem morastigen Boden zu befreien. „Das darf doch nicht wahr sein!"

Matt sah sie über den Wagen hinweg fragend an.

„Ich versinke! Würden Sie … mir vielleicht helfen?"

Der Wind fuhr ihr unter die Bluse und ließ sie frösteln. Die Kraft der Natur, so roh wie Matt, der von alldem unbeeindruckt an ihre Seite kam und sich bei ihrem Anblick nur grinsend den Nacken rieb.

„Sicher. Warten Sie."

Ohne Vorwarnung hob er Charlotte hoch. Sie quietschte und schlug ihm sanft auf die Hände.

„Was tun Sie denn?" Sie zappelte, damit er sie losließ, aber stattdessen drückte er sie nur fester an seine Brust.

„Halt still, sonst landen wir beide im Dreck."

Charlotte knirschte mit den Zähnen, ließ sich aber bis zur Türschwelle tragen. Ihr blieb ja kaum etwas anderes übrig! Sie ärgerte sich über ihre Schuhwahl und darüber, dass ihr Puls sich beschleunigte, nur weil dieser Typ ihr so nahe war. Das leichte Kratzen seines Bartes an ihrer Wange ließ sie an ihr Gespräch zurückdenken, und sie presste ihre Kiefer aufeinander, als die Haut an ihren Schenkeln zu kribbeln anfing. Das war doch Wahnsinn!

Als Matt sie abstellte, warf sie ihm einen bösen Blick zu, denn immerhin trug er an alldem die Schuld.

„Was soll nur Ihr Vater denken?", grummelte sie wütend, als er – ganz so, als wäre nichts gewesen – das maunzende Kätzchen vom Fensterbrett aufnahm und an seine Brust kuschelte.

„Er wird denken, dass ich eine gute Zeit mit dir verbringe."

Sein lockeres Lachen drang bis in Charlottes Magengrube vor, und sie ballte die Hände zu Fäusten, um sich zu beherrschen.

„Ich habe gar nicht mitbekommen, dass wir schon beim *Du* angekommen sind", stichelte sie und strich sich übers Haar, ohne Matt auch nur eines Blickes zu würdigen. Denn er - so behutsam mit der Katze - bot ein verwirrendes Bild. Seine ungehobelte Art und die raue Schale bildeten einen Widerspruch zu der genüsslich schnurrenden Katze, die sich immer fester an den Schotten drückte und ihm schließlich sogar die Hand abschleckte.

„Aye, ich habe dich und deine Schuhe gerettet – wo bleibt deine Dankbarkeit, Charly?"

Charlotte fuhr zu ihm herum. „Charly?", rief sie ungläubig, als die Tür geöffnet wurde und ihr jedes weitere Wort auf der Zunge erstarb. Sie erkannte Jack O´Donnely sofort, und zu ihrer eigenen Verwunderung empfand sie ehrliche Freude, als sie in das zerfurchte, von tiefen Falten durchzogene Gesicht des Mannes sah. Sie hatte völlig vergessen, wie gerne sie Helens Hausmeister immer gehabt hatte.

„Mister O´Donnely, wie schön, Sie wiederzusehen." Sie schenkte ihm ein strahlendes Lächeln, das so echt war, dass sie es kaum wiedererkannte. Sie fühlte sich unerklärlich verletzlich, was sie eindeutig Matt anlastete, denn er hatte mit seinem „*Charly*" schmerzhafte Erinnerungen geweckt. Ihre Eltern hatten sie früher so genannt.

„Sieh an, aus der kleinen Charlotte Finnegan ist ein hübscher Schmetterling geworden", begrüßte sie Matts Vater und trat beiseite, um sie hereinzubitten. „Kindchen, du siehst aus, als hättest du es im Leben ordentlich zu was gebracht. Deine Tante war immer sehr stolz auf dich. Aber bitte, kommt herein und sagt mir, was euch bei diesem Wetter hierheraus geführt hat?"

Charlotte folgte Matt in den spärlich beleuchteten Hausflur, von dem nur drei Türen abzweigten. Küche, Bad und Wohnzimmer. Oben unter dem geduckten Dach versteckte sich dann wohl das Schlafzimmer. In dem winzigen Häuschen wurde kein Zentimeter vergeudet. Es war kalt im Haus, und Jack O'Donnely hustete rasselnd, während er ihnen in die kleine Stube folgte.

„Entschuldigt die Unordnung. Ich war nicht auf Besuch eingestellt."

Charlottes Blick schweifte über die Wolldecke, die auf dem Sofa lag. Über die Teetasse und die Papiertaschentücher, die aus dem Papierkorb quollen, und über die Handtücher, die unter ein Fenster geklemmt waren, weil es offensichtlich verzogen war und kalte Luft hereinließ.

„Das … das macht doch nichts, Mister O'Donnely", beschwichtigte Charlotte.

„Jack. Bitte, Kindchen, nenn mich Jack."

Sie lächelte. „Sehr gerne – Jack."

Sie setzte sich zu dem alten Mann aufs Sofa, und Matt fing an, die Unordnung etwas zu beseitigen. Er verschwand mit der leeren Teetasse in der Küche, und sie hörte ihn mit Geschirr klimpern.

Jack ergriff Charlottes Hand und umfasste sie mit seinen schwieligen Händen.

„Nun sag mir, Kindchen, was führt dich zu mir? Ich kann mir nicht denken, dass du Sehnsucht nach so einem schottischen Haudegen wie mir verspürt haben solltest." Seine Augen blitzten humorvoll wie die seines Sohnes, und Charlotte wurde warm ums Herz. Sie kannte diesen Mann im Grunde schon ihr ganzes Leben – und doch war ihr nie in den Sinn gekommen, dass ihr dies wichtig sein könnte.

„Natürlich! Ich hatte am Flughafen fest mit Ihnen

gerechnet. Stellen Sie sich meine Enttäuschung vor, als ...“

„... als du mit meinem nichtsnutzigen Sohn konfrontiert wurdest. Das tut mir leid. Aber glaub mir, er hat das Herz am rechten Fleck.“

Charlotte lachte, und Matt brummte aus der Küche, dass er jedes Wort der scherzhaften Lästerei verstehen könne.

Etwas ernster kam Charlotte auf den Grund ihres Besuchs zu sprechen.

„Jack, meine Tante Helen hat mir einen Brief hinterlassen – und etliche Fragen. Ich hatte gehofft, Sie könnten mir dazu vielleicht etwas sagen.“

Jack hustete wieder, und Matt brachte ihm ein Glas Wasser. Sein Blick war betrübt, und seine übliche Lockerheit war ernsthafter Besorgnis gewichen.

„Pa, weißt du vielleicht, wo Helen all ihre Gemälde versteckt haben könnte? Offensichtlich wollte sie nicht, dass jemand sie zu ihren Lebzeiten zu sehen bekommt.“

Jack runzelte die Stirn.

„Hmmm, Helens Bilder waren ihr ganzer Schatz. Die hat sie wirklich nie jemandem gezeigt. Und sie haben ihr so viel bedeutet!“

Charlotte nickte. Jack hatte recht. Er musste ihre Tante wirklich gut kennen, um das zu wissen.

„Warum wollt ihr das wissen? Sie wollte sie nicht herzeigen. Solltet ihr das nicht respektieren?“ Ein harter Husten begleitete seine Worte, und die Katze sprang ihm tröstend auf den Schoß.

„Aber sie hat einen Brief hinterlassen und von den Bildern gesprochen. Als wollte sie, dass sie gefunden werden“, überlegte Matt laut.

Charlotte neigte nachdenklich den Kopf. „Das glaube ich auch. Sie hat äußerst wertvolle Gemälde überall im Haus hängen, aber ihre eigenen aus Angst vor Kritik versteckt. Sie schreibt, sie vertraut mir, das Richtige zu tun, doch wie kann ich das, wenn ich nicht weiß, wo ich suchen soll?"

„Ich denke, Helen hätte ihre Schätze immer gerne um sich gehabt", gab Jack zu bedenken. Seine Stimme klang heiser und schwach. Er legte sich die Hand auf die Brust, und Charlotte erahnte seinen Schmerz bei dieser Geste. Sofort war Matt zur Stelle und fühlte besorgt die Stirn seines Vaters.

„Fehlt dir etwas, Pa? Hast du deine Tabletten heute schon genommen?"

Jack winkte ab und presste kurz seine blutleeren Lippen zusammen, die so fahl waren wie seine kränkliche Haut. „Unsinn. Ich bin alt, ein elender Schnupfen plagt mich, und ich falle dir damit seit Monaten zur Last! Sei nicht immer so besorgt!"

Weil Charlotte einen Streit zwischen den beiden verhindern wollte, neigte sie sich nach vorne und versperrte Jack damit den Blick auf seinen Sohn.

„Wo hätte Helen also ihr Lebenswerk aufbewahrt?"

Jack rieb sich den Nacken, genau wie Matt es tat. Charlotte gefiel diese familiäre Geste.

„Sie hielt sich die meiste Zeit in ihrem Atelier auf. Dort oder im Pavillon, aber da kann man ja nur schlecht etwas aufbewahren. Mehr kann ich euch nicht sagen."

„Hm. Danke, Jack. Vielleicht hilft uns das ja weiter."

Charlotte sah sich noch einmal in dem Raum um. „Aber wenn nicht, dann ..." Sie suchte in Matts Blick nach Zustimmung. „... dann wäre es gut, Sie in Silvermoor bei uns zu haben. Sie hätten es dort bequemer. Wir können Ihnen ein Zimmer herrichten." Matt hob überrascht die Augenbrauen, aber sie las Erleichterung und Dankbarkeit in seinem Blick.

„Aye, das wäre gut, Pa. Und ich müsste nicht jeden Tag hier herausfahren, um nach dir zu sehen."

Jacks Blick verfinsterte sich. „Niemand zwingt dich, jeden Tag herzukommen. Sterben schaff ich schon noch allein! Ich habe dich nicht gebeten, alles stehen und liegen zu lassen, um …"

„So habe ich es nicht gemeint, Pa!"

Charlotte drückte Jack liebevoll die Hand. „Es wäre für mich sehr viel einfacher, wenn Sie mit uns kämen. Ohne Helen ist es doch sehr einsam in Silvermoor. Es wäre mir eine Freude, Sie bei uns zu haben, Jack."

Unsicher sah der alte Mann von einem zum anderen, eher er schließlich mit den Schultern zuckte. „Na schön. Aber ich brauche ein wenig Zeit, um meine Habseligkeiten zu packen. Und Kittles muss natürlich mitkommen. So übereilt aufzubrechen, das …"

„Sicher, Pa. Charly und ich haben Zeit. Bei dem Wetter kann ich ohnehin kaum etwas tun."

Charlotte knirschte mit den Zähnen. Er musste aufhören, sie Charly zu nennen! Sie war schließlich kein Kind mehr! Aber sie wollte hier vor seinem Vater auch keine Szene machen, also schluckte sie ihren Ärger hinunter.

Jack ging hinauf in sein Schlafzimmer, um zu packen, und Charlotte stellte sich ans Fenster und sah hinaus. Sie spürte Matt näher kommen, noch ehe er dicht neben ihrem Ohr etwas sagte.

„Danke, dass du meinen Vater eingeladen hast, mit uns zu kommen. Er ist ein Sturkopf, der niemandem zur Last fallen will, und der nicht einsieht, dass er ernsthaft krank ist."

Charlottes Ärger verflog. Echte Erleichterung schwang in seiner Stimme mit, und sie fühlte die Zuneigung zu seinem Vater bei jedem Wort. Dieses Gefühl verursachte ihr eine schmerzhafte Leere in der Brust. Eine beklemmende Leere, die sie doch in all den Jahren in London so verzweifelt zu füllen versucht hatte. Sie würde sich nie um einen kranken

Vater Sorgen machen müssen. Sie hatte keinen Vater mehr. Keine Mutter und nun auch keine Tante mehr.

„Charly", hakte Matt nach, als sie nichts erwiderte. „Bist du böse? Habe ich etwas Falsches gesagt?"

Ja!, wollte sie rufen. Wollte ihn schütteln, damit er aufhörte, Wunden aufzureißen, deren Schmerz sie seit Langem quälte. *Ja!*, wollte sie ihm antworten und sich zugleich umdrehen, um in seinen Armen Trost zu finden, wie die kleine Kittles, deren flauschiges Köpfchen sich in Matts Handfläche schmiegte!

Aber sie tat nichts davon. Stattdessen lächelte sie und schüttelte den Kopf. „Nein, Matt. Mir geht es gut. Es wird schön sein, von Jack etwas über Helen zu hören. Sie fehlt mir mehr, als ich erwartet hatte. Das Ganze hier", sie sah ihn an, und er wusste, was sie meinte, „fällt mir schwerer, als ich gedacht hatte. Ich weiß nicht, was es ist, aber … trotz des Regens und Helens Beerdigung - vor der ich mich wirklich fürchte - muss ich zugeben, dass ich Schottland vermisst habe."

Kapitel 8

Nachdem der Tag so viele unerwartete Wendungen genommen hatte, angefangen vom Besuch des Anwalts, Helens Brief und Jacks Einzug in Silvermoor, war Charlotte nun froh, allein zu sein. Sie spazierte durchs Haus und versuchte ihre Tante zu fühlen. Sie wusste, wo es sie hinzog, auch wenn sie nicht bewusst losgegangen war, um das Atelier zu besuchen.

Es war etliche Jahre her, seit sie zuletzt die Stufen in die zweite Etage dieses Flügels hinaufgestiegen war. Helen hatte zum Osten hin ein riesiges Fenster einbauen lassen, um das weiche Morgenlicht voll auskosten zu können und auch in den restlichen Stunden des Tages genug Licht zum Malen zu haben. Der zweite Stock war das Reich ihrer Tante gewesen. Niemand kam hierher ohne ihre Zustimmung.

Die Stufen knarzten, und wie damals, als sie noch ein Mädchen war, umfing sie die geheimnisvolle Aura des alten Hauses. Der Duft nach Farbe und Verdünner wehte ihr entgegen, als sie die Tür öffnete und in Helens Heiligtum eintrat.

Sofort erwachte wieder ihre Liebe zur Malerei. Charlotte wurde magisch von der mit einem Tuch verhüllten Staffelei angezogen, die, vom Mondschein geküsst, silbern in der Dunkelheit schimmerte. Sie suchte und fand den Lichtschalter, der alles in helles, aber keineswegs kaltes Licht tauchte. An der Dachschräge stand ein Regal, in dem bespannte Leinwände lagerten, umgeben von Farbtöpfen und Schraubgläsern in jeder erdenklichen Größe. Pinsel,

Spatel, Schwämme und anderes Werkzeug waren säuberlich aufgereiht. Eine unerklärliche Unruhe ergriff von ihr Besitz, als sie all die leeren Leinwände sah. Was sie darauf alles erschaffen könnte!

Ehrfürchtig näherte sie sich Helens letztem Kunstwerk und berührte mit den Fingerspitzen den Überwurf – der denselben Reiz ausübte, als wäre es ein Zauberumhang. Mit angehaltenem Atem schlug sie schließlich den Stoff zurück.

Lange stand sie da, ihre Augen auf das Gemälde gerichtet. Sie fühlte all die Emotionen, die ihre Tante in die Pinselstriche gelegt hatte. Die lebendigen Farben wärmten Charlotte, und es war, als befände sie sich wieder in diesem warmen Sommer ihrer Kindheit, in dem sie zusammen mit ihren Eltern und Helen dieses wunderbare Picknick am Fluss gemacht hatten. Und dann erinnerte sie sich an Jack O´Donnely, der dazugekommen war und ihre Tante zum Lachen gebracht hatte. Jack, der seinen frechen Sohn mitgebracht hatte. Matt! Dieser ungezogene Kerl hatte sie ins Wasser geschupst, war dann davongelaufen und hatte sich den restlichen Tag nicht mehr blicken lassen.

Behutsam strich sie mit dem Finger über den Fluss auf der Leinwand, als könnte sie dadurch die kühle Frische des Wassers von damals spüren. Wie hatte sie nur vergessen können, Matt schon einmal begegnet zu sein? Sie erinnerte sich gut an ihre Wut von damals – und doch war sie irgendwann verraucht und hatte sie den elenden Bengel sogar vergessen lassen – beinahe vergessen, dachte sie, als sie abermals das Bild mit der Landschaft betrachtete. Es sprühte vor Leben – wie Charlottes Erinnerung an diesen perfekten Tag, den Helens Pinselstriche in ihrem Kopf wiedererweckt hatten. Ungeduldig wischte sie sich die Tränen von der Wange. Sie hatte schon so lange keinen perfekten Tag mehr erlebt, dass die Erinnerung sie erschreckte.

„Was machst du hier?" Matt lehnte in der Tür und beobachtete sie. Er trug eine einfache Jeans und ein Shirt, dessen kurze Ärmel bis auf seine Schultern hinaufgeschoben waren. Sein Haar war feucht, als käme er aus der Dusche.

Automatisch sah Charlotte an sich hinab. Gott sei Dank hatte sie dem Drang widerstanden, ihre Jogginghose anzuziehen und sich stattdessen ebenfalls für eine Jeans und ein blasslila Oberteil entschieden.

„Ich sehe mich nur ein wenig um. Und du?"

Matt deutete auf die Lampe über ihr. „Ich hab Licht gesehen. Willst du lieber allein sein? Dann gehe ich wieder."

Charlotte winkte ab. „Nein, Unsinn." Sie trat näher zu ihm. „Bitte bleib doch. Dann fühle ich mich vielleicht nicht so … verloren."

„Verloren? Warum fühlst du dich so?"

Ratlos zuckte sie mit den Schultern und wandte sich wieder der Leinwand zu. „Das alles hier – war Helens Leben. Was soll ich nur damit machen? Ich … fühle mich so … verantwortlich." Sie sah ihn wieder an und war erleichtert, Verständnis in seinen blaugrauen Augen zu erkennen.

Matts Gegenwart war Charlotte plötzlich sehr bewusst, als er vor das große Fenster trat und das Mondlicht im Rücken hatte. Er wirkte in diesem Licht stärker als bei Tag – wo er auch schon nicht gerade schwächlich aussah. Vielleicht sollte sie ihm besser keine Vorwürfe mehr machen, weil er sie als Kind in den Fluss gestoßen hatte. Vermutlich erinnerte er sich ja auch überhaupt nicht mehr daran. Er nahm einen Pinsel vom Tisch und fuhr mit dem Finger durch die Borsten.

„Aye, was würdest du denn gerne damit machen? Mit dem allem hier?", fragte er, und die Ruhe, die er ausstrahlte, übertrug sich auf Charlotte, die sich nun einen Moment Zeit nahm, ihre Gefühle zu ergründen.

Sie rieb sich die Schläfen und schob ihre Finger unter ihren Dutt, um ihn etwas zu lockern. Ihre Kopfhaut spannte schon wieder. „Hmm, ich weiß es nicht. Ich … ich liebe dieses Haus, aber mein Lebensmittelpunkt befindet sich nun einmal in London. Meine Arbeit in der Galerie … ich lebe für die Kunst, und kann mir nicht vorstellen, etwas anderes zu tun. Und ich werde bald heiraten. Francis könnte – selbst wenn er wollte – seine Geschäfte nicht von hier aus regeln." Sie zuckte resigniert mit den Schultern. „Und wenn wir ehrlich sind, ist und bleibt Silvermoor ein altes Haus mitten in den Highlands."

Matt nickte. „Aber du liebst es."

Die Klarheit, mit der er ihre Zweifel zurückließ und die Essenz ihrer Gedanken aussprach, verunsicherten Charlotte. Er hatte recht. Es wäre einfacher, wenn es nicht so wäre. Wenn all das, was sie gerade gesagt hatte, nicht im Zwiespalt mit ihrer Liebe zu diesem Haus stehen würde.

„Das tue ich." Sie nahm ihm den Pinsel aus der Hand und lächelte. „Ich wünschte, Helen wäre hier, und wir könnten gemeinsam malen. Du ahnst nicht, wie sehr es mir fehlt. Ich frage mich, ob ich es überhaupt noch kann."

Matt deutete auf all die Utensilien. „Warum versuchst du es nicht? Ich bin zwar nicht Helen, aber wenn du Gesellschaft brauchst, dann bleibe ich."

Charlotte lachte. „Kannst du malen?"

„Zum Teufel, nein! Ich bekomme nicht mal ein Strichmännchen hin! Aber ich könnte mich …" Er sah sich um und warf sich dann in den Sessel unter dem Dachgebälk. „… aye, ich könnte mich einfach hierher setzen und dir zusehen."

Sie wollte den Kopf schütteln, aber der Pinsel in ihrer Hand schien bereits zum Leben zu erwachen. Sein Vorschlag klang zu verlockend. Sie hatte seit dem Unfall ihrer Eltern nicht mehr gemalt. Francis fand, sie solle ihre Zeit nicht so sinnlos vergeuden. Aber Francis war nicht hier.

„Na schön. Aber dann musst du mir helfen. Ich brauche eine Leinwand von dort und …" Sie hob Helens Bild von der Staffelei und stellte es vorsichtig ab. „… und diese weiße Grundierung, und …"

Charlotte war ganz in ihrem Element. Sie nahm Farbtöpfe aus dem Regal und trug sie zum Tisch, rührte die Farben auf und legte sich die Pinsel zurecht. Farbmischplatten und kleine Töpfchen, eine Spachtel und einen Schwamm. Sie spürte das Kribbeln in ihren Fingern, und vor ihrem inneren Auge füllte sich die nackte Leinwand bereits mit Farbe. Ein befreites Lachen entstieg ihrer Brust, und sie vergaß die Welt um sich herum, als sie den Pinsel für den ersten Strich in die Farbe tunkte.

Matt ahnte, dass Charlotte ihn längst nicht mehr wahrnahm. Sie arbeitete konzentriert und schnell. Er schmunzelte, denn es erinnerte ihn an ein Tier, das sich aus einer Falle befreit hatte und nun seine Freiheit auskostete. Er hatte irgendwie erwartet, sie würde eine Landschaft malen wie ihre Tante, aber ihre Pinselstriche waren wild, ziellos – und doch schienen sie einem Muster zu folgen, das er nur noch nicht erkennen konnte. Er neigte den Kopf zur Seite, aber nicht, um das Werk zu studieren, sondern die Künstlerin.

Sie biss sich gedankenverloren auf die Lippe, und ihre Augen huschten von der Leinwand zu den Farben und wieder zurück. Sie bewegte sich schwungvoll und wischte achtlos ihre farbigen Hände an der Jeans ab. Der dunkelrote Streifen an ihrem Oberschenkel fesselte Matts Aufmerksamkeit, denn es sah aus, als würde dieser Strich die

Kontur ihres Hinterns betonen. Ihre schlanke Silhouette verbarg einen Großteil des Gemäldes, aber der Anblick, der sich ihm bot, war dennoch nicht zu verachten. Immer wieder fuhr sie sich mit den Händen in den Nacken, massierte diesen kurz und strich sich mit den Fingern über die Kopfhaut. Sie bemerkte die Farbe nicht, die sie dabei jedes Mal in ihren glänzenden Strähnen hinterließ.

Matt schüttelte den Kopf. Er war noch nie jemandem begegnet, der sich selbst so sehr einengte wie diese Frau. Sogar jetzt, wo sie offensichtlich einen wichtigen Teil von sich freigelassen hatte, steckte sie noch immer in der einengenden Hülle einer Londoner Tussi.

Er stand auf und ging zu ihr. Über ihre Schulter warf er einen Blick auf ihr Gemälde und musste zugeben, dass es wirklich fesselnd war. Vielschichtig, und dennoch klar. Aber nicht das Bild hatte ihn aus dem Sessel gesogen und zu ihr geführt.

„Nicht erschrecken", flüsterte er in ihr Ohr und bemerkte ihr Zusammenzucken, als er behutsam ihren Nacken streifte. Sie wollte ihn abwehren, aber der sanfte Druck seines Daumens hielt sie auf. „Warte", beruhigte er sie und zog vorsichtig die Nadeln aus ihrem Dutt. Als sich der Knoten gelöst hatte, massierte er ihre Kopfhaut sanft und ließ seine Finger durch ihr Haar bis auf ihre Schultern gleiten. „Besser?", hauchte er. Sein Daumen ruhte über ihrem fliegenden Puls, was ihm selbst einen wohligen Schauer über den Rücken sandte.

Ihr schwaches Nicken und der flüchtige Blick, den sie ihm zuwarf, hatten eine Wirkung auf ihn, mit der er nicht gerechnet hatte.

Zum Teufel, was ging ihn auch ihr Haar an? Unter Aufbringung all seiner Selbstbeherrschung nahm er die Hände von ihrem Hals und trat einige Schritte zurück. Sie zögerte, als ob sie auf etwas wartete, hob dann aber den Pinsel und malte weiter.

Matt stieß den angehaltenen Atem aus und ging zurück zum Sessel. Er sah ihr zu, wie sie das Bild fertigstellte, wie sie die schwere Leinwand von der Staffelei hob und gegen eine neue austauschte. Sie warf ihm nur einen kurzen seligen Blick zu, ehe sie von vorne begann, die weiße Leere zu füllen. Sie sah glücklich aus – und Matt wünschte, ihr Lächeln würde ihm gelten. Aber das war verdammter Blödsinn, denn sie war eine Städterin und außerdem so gut wie unter der Haube. Silvermoor war nur eine Verpflichtung für sie, mehr nicht. Er selbst spielte für Charlotte überhaupt keine Rolle, also brauchte er auch keinen Gedanken daran zu verschwenden, wie seidig ihr Haar durch seine Finger geflossen war. Er brauchte nicht mehr in diesen kleinen Laut der Verzückung hineinzuinterpretieren, den sie ausgestoßen hatte, als seine Finger ihre Kopfhaut massiert hatten. Sie war eine Frau aus der Stadt und damit definitiv nichts für ihn! Er machte Fehler gewöhnlich nur einmal!

Mit einem schottischen Murren verschränkte er die Hände vor der Brust und schloss die Augen.

Charlotte atmete durch und trat zufrieden zurück. Die Arme waren ihr schwer geworden, und sie spürte die Anstrengung in ihren Fingern, die so lange keinen Pinsel mehr gehalten hatten. Ihr Rücken schmerzte, und sie würde morgen mit Sicherheit Muskelkater in den Schultern bekommen, aber sie fühlte sich großartig. Es war eine wunderbare Idee von Matt gewesen.

Sie drehte sich zu ihm um, um ihm das zu sagen, aber die Worte erstarben auf ihren Lippen. Er lag zusammengerollt auf dem viel zu kleinen Sessel, der unter seiner Körpergröße einzuknicken schien, und schlief. Sein Mund, den sie zumeist zynisch oder spöttisch gesehen hatte, war im Schlaf entspannt, und die vollen Lippen brachten die Frage auf, ob sie so weich waren, wie sie aussahen. Seine Bartstoppeln warfen in diesem Licht einen dunklen Schatten auf seine untere Gesichtshälfte, und Charlotte verdrängte den Gedanken an das, was Matt über diese Stoppeln und die Schenkel der Frauen gesagt hatte.

Trotzdem konnte sie sich dem ungewohnten Bild, das er bot, und der noch ungewohnteren Empfindung, die sie bei seinem Anblick durchströmte, nicht entziehen. Gedankenversunken strich sie ihm eine Haarsträhne aus dem Gesicht. Dann nahm sie das Bild von der Staffelei und holte eine weitere leere Leinwand hervor. Nachdenklich sah sie sich Matts Gesicht an, ehe sie den Pinsel über die Farbpalette gleiten ließ, um den passenden Ton zu treffen.

Sie malte zwei Stunden. Stunden, in denen sie sich fragte, ob seine Schultern wirklich so stark waren, wie sie unter dem Shirt schienen. Ob sein stoppeliges Kinn sich bei einem Kuss wohl gut anfühlen würde, und ob seine Lippen heiß über ihre Haut gleiten würden, sollte sie das alles jemals herausfinden. Doch natürlich würde sie das nicht herausfinden – ja, es nicht einmal wollen! Allein ihr künstlerisches Interesse war verantwortlich für diese unsinnigen Fragen. Es ging nur darum, die Weichheit seiner Lippen richtig auf die Leinwand zu bringen!

Charlotte wischte sich achtlos eine Strähne aus dem Gesicht, als Matt sich im Schlaf regte. Erschrocken zuckte sie zusammen und stellte sich vor das Bild. Gähnend schlug er die Augen auf. Schnell drehte Charlotte die Staffelei um, sodass Matt, als er sich nun aufsetzte, nicht sehen konnte, was sie gemalt hatte.

„Na, noch nicht genug Farbe verkleckert?", fragte er mit einem Blick auf den tropfenden Pinsel.

„Du meine Güte!" Charlotte beeilte sich, den Pinsel in ein Schraubglas mit Verdünner zu stecken. Sie trat ihm entgegen, um ihn von der Staffelei fernzuhalten. „Doch, ich bin fertig. Es ist auch schon mitten in der Nacht. Wir sollten zu Bett gehen."

Matt grinste und streckte sich, sodass sie kurz den dünnen Streifen dunklen Haars erkennen konnte, der im Bund seiner Hose verschwand. Dann löschte er das Licht und fasste nach ihrer Hand. „Du hast recht, Charly. Wir sollten ins Bett gehen."

Eine Stunde später, als Charlotte längst allein in ihrem Bett lag, ging ihr die verführerische Art und Weise, mit der Matt diesen Satz gesagt hatte, noch immer durch den Kopf. Er hatte nichts getan, das auch nur im Entferntesten aufdringlich gewesen wäre – er hatte nichts … versucht. Und nun fragte sie sich, ob sie sich den sinnlichen Klang in seiner Stimme nur eingebildet hatte. Vielleicht war seine Stimme nach dem Schlafen ja immer so rau? Sie drehte sich auf den Bauch und presste ihre Augen energisch zu. Sie musste endlich schlafen! Die Erschöpfung der letzten Tage machte sich langsam wirklich bemerkbar. Sie konnte schon nicht mehr klar denken! Wahrscheinlich war sie die frische Luft der Highlands nicht gewöhnt?

Kapitel 9

„Der Himmel weint", murmelte Jack an Charlottes Seite, als sie mit gesenkten Köpfen den Friedhof verließen. Doch selbst der strömende Regen hatte die Trauergäste nicht davon abgehalten, an Helens Grab zu stehen, bis die Musik verklungen, die Gebete gesprochen und der Sarg abgesenkt und unter einem Blumenmeer begraben worden war. Nun war sie froh um den Beistand des alten Mannes, der sich seiner vergossenen Tränen nicht schämte. Wer von beiden hier wen stützte, war kaum auszumachen. Es war ganz offensichtlich, dass Helen ihm sehr nahegestanden hatte. Sicher näher, als ein einfacher Hausverwalter. Hinter ihr ging Matt am Arm einer alten Freundin von Helen, deren Namen Charlotte wieder entfallen war. Wie viele der Gäste trug er Helen zu Ehren einen prächtigen Kilt und volle Hochlandmontur. Dahinter folgte der lange Trauerzug. Charlotte glaubte beinahe, jeder einzelne Schotte von Inverness bis Sterling sei angereist, um ihrer Tante auf diesem Weg die letzte Ehre zu erweisen. Obwohl die Orte im Hochland nur klein und die nächsten Häuser oft weit voneinander entfernt waren, kannten sich die Menschen dennoch. Das war ein großer Unterschied zu London, wo Charlotte noch nicht einmal mehr das Paar aus der Etage unter ihrer Wohnung beim Namen nennen konnte. All diese Trauergäste würden nun im nahe gelegenen Pub zusammenkommen, denn Silvermoor war für eine Trauerfeier zu entlegen.

Bei Tee und Gebäck bekundeten die Leute Charlotte

persönlich ihre Anteilnahme, und viele erinnerten sich an die Besuche von Charlottes Eltern hier im Norden – und an das kleine Mädchen, das sie damals gewesen war. Sie umarmten sie, als gehörte sie zu dieser Gemeinschaft von Menschen dazu. Es war ein merkwürdiges Gefühl, und nach einer Weile, die der Höflichkeit Genüge tat, stahl sie sich zur Hintertür hinaus und lehnte sich mit geschlossenen Augen an die Hauswand.

Es war wie eine Heimkehr – nur dass sie kaum jemanden kannte. Und irgendwie tat ihr das leid. Diese Menschen schienen sich wirklich um sie zu sorgen, mit ihr zu fühlen und ihr Trost spenden zu wollen. Es war seltsam, sie so vertraut über ihre Mutter sprechen zu hören oder über die Zeit, als die Finnegans noch eine intakte Familie gewesen waren. Diese Fremden schienen sie besser zu kennen als viele ihrer eigenen Freunde in London.

„Charly?" Matt steckte verwundert den Kopf zur Tür heraus. „Was machst du hier draußen?"

Charlotte knirschte mit den Zähnen. Sie musste ihm irgendwann sagen, dass Charly indiskutabel war – aber nicht jetzt. Sie brachte im Moment nicht die Kraft auf, einen Streit vom Zaun zu brechen.

„Ich bin geflohen", gestand sie stattdessen schlicht und heftete ihren Blick auf die silberne Brosche, die das Plaid an seiner Schulter zusammenhielt. In dieser traditionell festlichen Aufmachung sah Matt wirklich beeindruckend aus. Der dunkel karierte Stoff betonte seine Augen, und die Kniestrümpfe ließen einen Blick auf seine Beine zu. Es fehlte nur noch, dass er ein Breitschwert zog und damit die Rotröcke in die Flucht schlug. Wobei sie beim Blick in seine Augen zugeben musste, dass er gerade nicht sehr gefährlich aussah. Er grinste frech.

„Geflohen? Vor den anteilnehmenden, feuchten Küssen

von Harry McRae, der in jede Tasse Tee noch etwas mehr Whisky gießt als in die vorherige?", fragte er und brachte sie damit zum Lachen.

„Nein – solche Küsse sind mir die liebsten."

Er zog die Augenbrauen nach oben und grinste. „Aye, wirklich? Gut zu wissen."

„Ich bin verlobt – meine Kuss-Vorliebe muss also hier nicht diskutiert werden."

Matts graublaue Augen funkelten amüsiert. „Kuss-Vorlieben diskutiert man ja auch nicht. Man testet sie aus!"

Die Herausforderung war nicht zu überhören, und Charlotte trat einen Schritt zurück, aber noch ehe sie etwas erwidern konnte, wurden sie gestört.

Ein rothaariger Mann mit einem Kreuz wie ein Stier und einer Brille, deren kleine runde Gläser an Schweinsäuglein erinnerten, kam von der Straße her auf sie zu. Er gehörte ganz offensichtlich nicht zur Trauergemeinde. Seine glänzende moosgrüne Satinhose und das zitronengelbe Hemd wirkten in der rostig braunen Landschaft absolut fehl am Platz. Wie ein bunter Schmetterling, den ein unachtsamer Stiefel in eine Pfütze getreten hatte. Zielstrebig ging er auf Charlotte zu und reichte ihr seine fleischige Hand.

„Guten Tag. Mein Name ist Clive Whitaker. Mein Beileid zu Ihrem Verlust."

Charlotte sah verwirrt zu Matt hinüber, der plötzlich alles andere als erfreut wirkte. „Äh … ja, danke, Mister Whitaker, sehr freundlich."

„Ja, ja, ja. Und denken Sie bitte nicht, ich wolle Ihren Schmerz ausnutzen, um Sie zu übervorteilen, aber … aber Sie wissen sicher, dass das Leben weitergeht, und gerade in der Immobilienbranche …"

„Jetzt reicht es aber!", fuhr Matt den rotwangigen Mann an. „Sie stören eine Beerdigung! Scheren Sie sich fort, ehe

…"

Whitaker hob abwehrend die Hände und machte einen Satz zurück, aber Charlotte ging dazwischen.

„Du meine Güte, was soll denn das? Matt! Der Herr wollte sicher …"

„Er wollte gehen! Und zwar sofort!", beendete Matt ihren Satz. Sein Blick war ungewohnt kalt und unnachgiebig.

Whitaker rückte seine Brille gerade und musterte sein Gegenüber herablassend. Langsam trat er den Rückzug an.

„Ehe die Bauern ihre Fäuste erheben, werde ich gehen, aber Miss Finnegan – ich werde Ihnen ein Angebot für Silvermoor in den Briefkasten stecken. Sie sollten es in Betracht ziehen, ehe wir uns am Montag in Harrolds Büro wiedersehen."

Noch ehe der ungebetene Besucher außer Sichtweite war, zog Matt Charlotte mit sich zurück ins Pub.

„Was war denn das?", verlangte sie zu wissen und stemmte die Fersen in den Boden. „Wer genau war das, und … und warum hast du ihn so angeblökt?"

Genervt fuhr sich Matt durchs Haar. Sein dunkles Plaid schien ihn nun an den Schultern zu stören, und er zupfte an der schweren Stoffbahn herum, ehe er ihr schließlich in die Augen sah.

„Der Kerl ist eine verfluchte Schmeißfliege! Es kommt nichts Gutes dabei raus, wenn er seine Finger im Spiel hat!"

„Dann kennst du ihn? Mir ist er nur deshalb ein Begriff, weil ich in Helens Arbeitszimmer einige Briefe von ihm gefunden habe. Er will Silvermoor kaufen?"

Matt verzog das Gesicht, als hätte er etwas Bitteres im Mund. Wären sie noch draußen, würde er wohl ausspucken, dachte Charlotte.

„Als hätte Helen sich je auf ein Geschäft mit *ihm* eingelassen! Hätte er es gewagt, sie so anzusprechen, wie er es gerade bei dir getan hat, dann … es wäre ungesund für ihn ausgegangen, lass dir das gesagt sein!"

„Warum? Was ist mit ihm?"

Matt befestigte die silberne Brosche neu an seiner Brust und sah Hilfe suchend in den Gastraum, wo sich die Trauergäste noch immer in Geschichten um Helen ergingen. „Charly, ich …" Matt presste seine Lippen zusammen. „… mach einfach keine Geschäfte mit ihm. Vertrau mir, aye?"

Am späten Nachmittag war Helens Beerdigung und die anschließende Trauerfeier überstanden, und sie waren nach Silvermoor zurückgekehrt. Jack, dem die ganze Aufregung etwas zu viel gewesen war, hatte sich hingelegt, und Matt genehmigte sich in der Küche ein Ale. Charlotte fühlte sich wie erschlagen und überlegte, ob es unhöflich wäre, sich ebenfalls in ihr Zimmer zurückzuziehen. Zu viele Dinge gingen ihr durch den Kopf, als dass sie überhaupt für jemanden eine angenehme Gesellschaft dargestellt hätte. Matts Weigerung, ihr etwas über Clive Whitaker zu erzählen, ärgerte sie besonders, da ja anscheinend auch ihre Tante Vorbehalte gegen den Makler gehabt haben musste.

Wie versprochen hatte Whitaker ein Angebot in den Briefkasten gesteckt, das Charlotte nun unschlüssig, ob sie es öffnen sollte, in den Händen hielt.

Matts Blick schien das Papier in Flammen aufgehen lassen zu wollen, und sein Schweigen war spannungsgeladen wie eine ungesicherte Stromleitung.

„Du meine Güte, Matt!", fuhr Charlotte ihn schließlich an. „Sag mir, was dein Problem mit Whitaker ist, oder hör auf, so ein Gesicht zu machen. Das ist nur ein Brief – und keine Bombe!"

Der Schotte stand auf und stieß wütend den Stuhl zurück. „Und wenn es eine Bombe wäre? Würdest du dann immer noch mit ‚Du meine Güte!' daherkommen, Charly? Whitaker ist eine Made, und alles andere … geht mich nichts an! Aber du … du feines Stadthäschen mit deinen guten Manieren wirst dich schneller unter seinem Stiefelabsatz wiederfinden, als du ‚Du meine Güte!' sagen kannst, solltest du ihm nicht aus dem Weg gehen!"

Charlotte knirschte mit den Zähnen. Das war doch frustrierend! „Schön, dass du dich um mich sorgst – aber du hast wohl recht! Es geht dich nichts an! Mein Verlobter ist *zufällig* Francis Colewell – und sein Vater leitet eine riesige Immobilienfirma! Ich werde mich gut beraten lassen, ehe ich eine Entscheidung treffe, was ich mit Silvermoor mache!"

Matts Stimme troff vor Ironie, und sein Blick war schroff. „Zufälle gibt es, Charly, das ahnst du ja nicht!" Damit knallte er die Flasche auf den Tisch und stürmte aus dem Raum.

Vollkommen verwirrt blieb Charlotte zurück. Sie schüttelte den Kopf, legte das ungelesene Angebot auf den Tisch und löschte das Licht. Morgen war noch genug Zeit, sich darüber erneut in die Haare zu bekommen – oder auch nicht. Sie würde einfach Francis bitten, sich das Anwesen anzusehen und eine Schätzung vorzunehmen. Sie hatte ihr gesamtes Leben auf Vernunft gebaut – warum also jetzt damit aufhören? Fakten sammeln, Vor- und Nachteile abwägen und dann eine Entscheidung treffen – so sollte und würde sie vorgehen!

Als sie in ihrem Zimmer ankam, spürte sie die Anspannung abfallen, und obwohl es erst später Nachmittag war, beschloss sie, den Raum heute nicht mehr zu verlassen. Kittles schlief zusammengerollt auf ihrem Bett und tat damit in Charlottes Augen das einzig Sinnvolle. Sie schälte sich aus ihrem schwarzen Rock, der dunklen Seidenstrumpfhose und der grauschwarzen Bluse und schlüpfte in ihre Jogginghose, den Schlabberpulli und ihre kuscheligen Lieblingssocken.

Der weite Pulli schien sie zu umarmen, und so legte sie sich zur Katze aufs Bett und kuschelte sich in die Decke ein. Kittles leises Schnurren vibrierte angenehm in ihrer Magengrube und wirkte beinahe hypnotisierend. So ließ sie es sich eine ganze Weile gut gehen. Versuchte an nichts zu denken und sich zu entspannen, aber das Klingeln ihres Handys hinderte sie daran. Kittles maunzte verärgert über die Störung und grub ihr Köpfchen tiefer ins Kissen, während Charlotte sich mühsam unter der Decke hervorarbeitete. Sie angelte sich das Telefon vom Nachttisch, um dann enttäuscht festzustellen, dass es nicht Francis war, der anrief.

„Hi, Margarete", begrüßte sie ihre zukünftige Schwiegermutter.

„Hallo, Charlotte! Ich hoffe du hast diese leidige Sache gut hinter dich gebracht!" In ihrer Stimme schwang zwar Mitleid, aber auch ganz deutlich Ungeduld mit.

Da Charlotte wusste, dass die Frage reine Höflichkeit war, ersparte sie sich eine Antwort und kam Margarete auf dem Weg zum eigentlichen Grund ihres Anrufs entgegen. „Warum? Was gibt es denn?"

„Der erste Entwurf deines Kleides ist fertig, und du müsstest es anprobieren, damit die Feinheiten besprochen werden können. Außerdem habe ich einen Termin in der Bäckerei vereinbart, wo wir uns um die Hochzeitstorte kümmern müssen. Da wir bei der Verlobungsfeier auf Brombeeren setzen, sollten wir zur Hochzeit einen farb- und geschmacklichen Kontrast wählen."

Charlotte hörte sich die endlose Litanei emotionslos an und fragte sich, warum sie für ihre eigene Hochzeit nicht etwas mehr Begeisterung aufbrachte. Als es wieder einmal um die Farbe der Tischdekoration ging, versuchte sie sich ein Seufzen zu verkneifen. All das schien ihr im Moment absolut unwichtig. „Ich werde spätestens Mitte nächster Woche zurück in London sein, Margarete. Dann können wir das alles in Ruhe besprechen, denn ich bin ehrlich gesagt gerade …"

„Mitte nächster Woche ist viel zu spät, Charlotte! Die Beerdigung ist doch nun um. Kannst du die restlichen Dinge nicht von hier aus regeln? Es geht immerhin um deine Hochzeit!"

Charlotte rieb sich die pochenden Schläfen und ließ resigniert die Schultern hängen, froh, dass das niemand sah. „Tut mir leid, Margarete. Das ist nicht möglich. Ich vertraue dir, alle nötigen Entscheidungen zu treffen, bis ich zurück bin. Ich hätte mir auch gewünscht, mehr Zeit und Ruhe für diese ganzen Vorbereitungen zu haben, aber Francis' Antrag kam doch sehr überraschend." Sie sah es nicht ein, sich den Schwarzen Peter zuschieben zu lassen. Immerhin war es nicht ihre Idee gewesen, innerhalb weniger Wochen eine Mega-Hochzeit ausrichten zu müssen.

„Nun denn … ich werde sehen, wie ich die drohende Katastrophe verhindern kann. Komm auf jeden Fall, so schnell du kannst, zurück nach London!"

Das Gespräch endete, und Charlotte hielt das Handy noch eine Weile in der Hand, unschlüssig, ob sie es nicht doch einmal bei Francis versuchen sollte. Aber andererseits hatte sie keine Lust auf weitere Vorwürfe, nur weil sie nicht sofort wieder nach Hause kam. Dabei würde sie die Dinge, die die Erbschaft betrafen, vielleicht wirklich von London aus regeln können. Also warum ließ sie sich nicht von Matt zurück nach Inverness fahren und nahm den nächsten Flieger nach London? Sie sah aus dem Fenster. Noch immer klatschte der Regen an die Scheiben, aber zum ersten Mal, seit sie angekommen war, konnte sie der im Dämmerlicht vor ihr liegenden Landschaft trotz des Wetters etwas

Schönes abgewinnen. Weich wie ein Kissen schmiegten sich die grasigen Hügel ins Tal, und die dem Regen entsprungenen Wasserläufe durchzogen die Berge am Horizont wie silbern funkelnde Adern. Das Mondlicht zeichnete die Berghänge weich und verlieh dem Himmel ein geradezu magisches Blau.

Charlotte zog die weiten Ärmel ihres Pullis über ihre Hände und setzte sich im Schneidersitz aufs Bett. Sie hob Kittles auf ihren Schoss, die ihre Krallen genießerisch in die bunten Regenbogenringel der Wollsocken knetete. Das entlockte Charlotte ein Schmunzeln. Es gab also noch jemanden, der ihre Socken liebte.

Francis allerdings würde sie in dieser Aufmachung für verrückt erklären. Sie fragte sich, ob er sie auch dann noch heiraten würde, wenn er wüsste, dass sie ein heimlicher Wollsockenfetischist war. Und hätte er es in all den Jahren ihrer Beziehung nicht herausfinden müssen? Hätte sie es ihm nicht irgendwann gestehen müssen? War ihre Beziehung so oberflächlich, dass es egal war, was der andere brauchte, wenn er einen schlechten Tag verarbeitete? Was trug Francis eigentlich, wenn er krank war? Charlotte runzelte die Stirn. Komisch, dass sie sich diese Frage nie gestellt hatte. Francis war nie ernsthaft krank gewesen. Soweit sie sich erinnern konnte, hatte er nicht einmal einen besonders miesen Tag durchlebt oder schlechte Nachrichten zu verkraften gehabt. Ihm schien einfach immer alles zu gelingen.

Vermutlich hatte ihr Verlobter – so gut behütet von den wohlhabenden Eltern – noch nie Seelentrost-Socken nötig gehabt.

Charlotte wackelte mit den Zehen und ließ sich rückwärts auf die Matratze fallen, was Kittles mit einem lauten Maunzen kommentierte, ehe sie sich ans Fußende des Bettes verkroch.

Was wohl Matt trug, wenn er krank war?

Noch ehe Charlotte sich selbst ausschimpfen konnte, weil sie auch nur einen Gedanken an diesen sturen Schotten verschwendete, klopfte es an der Tür.

„Du meine Güte!", murmelte sie und fühlte sich in ihrem Wohlfühl-Outfit plötzlich überhaupt nicht mehr wohl. Niemand sollte sie so sehen! Und besonders nicht Matt O´Donnely! Der brauchte nicht zu wissen, dass sie verletzlich war. Schwäche war das Letzte, was sie ihm zeigen wollte. Weil der Störenfried aber kaum jemand anders sein konnte, riss sie schnell die Decke vom Bett und wickelte sich darin ein, bis nur noch ihr Kopf herausschaute. Derart in ihrer Ruhe gestört sprang Kittles vom Bett und grub ihre Krallen in den Bettpfosten, wo sie diese wetzte.

„Böse Kittles!", schimpfte Charlotte, war aber zu sehr mit ihrem Deckengewickel beschäftigt, als sich um die zerstörerische Rache der Katze kümmern zu können.

Wieder klopfte es.

„Charly? Schläfst du schon?"

Sie öffnete die Tür und funkelte den Übeltäter böse an.

„Und wenn es so wäre, hättest du mich jetzt wieder geweckt! Was willst du?"

Ein amüsiertes Grinsen erschien auf Matts Gesicht, als er seinen Blick über ihre Deckenumhüllung wandern ließ.

„Was ist das denn? Ist dir kalt?"

Charlotte knirschte unauffällig mit den Zähnen. Natürlich war ihr nicht kalt. Obwohl es regnete, war es im Haus angenehm. Und sie trug einen dicken Pulli und eine flauschige Hose – ihr war unter der Decke viel zu warm!

„Etwas", log sie. „Aber deswegen bist du sicher nicht hier, oder?"

Matt grinste. „Nein. Ich bin hier, weil ich dich brauche."

Was? Charlotte wich einen Schritt zurück und stolperte

über den Zipfel der Bettdecke. Sie wäre gefallen, hätte Matt sie nicht festgehalten. Aber der Deckenberg glitt zu Boden.

„Du meine Güte!", presste Charlotte erschrocken heraus und fasste sich ans wild pochende Herz. Das brachte Matt zum Lachen, und sein Atem strich über Charlottes Hals.

„Was willst du denn damit sagen? *Du brauchst mich?* Ich …" Sie versuchte sich aus seiner Umarmung zu lösen, aber irgendwie schien er sie zu umschlingen wie ein Oktopus. Und Kittles schien gewillt, Matt dabei zu helfen, denn sie wand sich um ihre Beine, was sie beinahe wieder ins Stolpern gebracht hätte. Obwohl sie von ihm wegwollte, klammerte sie sich Hilfe suchend an ihn

„Charly …" Er sah sie an, überrascht, wie ein Kind, das einen Bonbon geschenkt bekommt. „Charly, ich brauche dich … wenn ich morgen noch einmal versuche, den Pavillon zu richten, aye? Das wollte ich sagen. Dass du mir dabei gleich um den Hals fällst, ist … etwas ungewöhnlich." Er zwinkerte verschmitzt. „Allerdings nicht *wirklich* ungewöhnlich, wenn man bedenkt, wie du mich begrüßt hast, aye?"

Charlotte riss sich los. Flammende Röte war ihr ins Gesicht gestiegen – das wusste sie, auch ohne sich im Spiegel zu sehen. Dieser arrogante, überhebliche, selbstgerechte … Schei…otte! Schotte! Jawoll – sie würde nicht ihre Erziehung vergessen, nur wegen ihm! Sie war furchtbar wütend – auch auf sich selbst, denn der kurze Augenblick, in dem sie gedacht hatte, er würde sie brauchen, hatte sie ordentlich aus der Fassung gebracht. Aber auch auf ihn, weil er hier hereinstürmte und … und ihren ruhigen Abend mit seinen unverschämten Sprüchen störte. Sie würde ihm zeigen, wie cool sie sein konnte. Wie cool sie *war*! Trotz ihrer lächerlichen Aufmachung.

Sie strich sich den Pulli glatt, als wäre es ein Armani-Kleid und schritt in ihren bunten Strümpfen wie auf Highheels zum Sessel.

„Der Pavillon – natürlich. Und wofür genau … brauchst du mich da, wo du doch neulich meine Hilfe noch abgelehnt hast?"

Als wäre es das Selbstverständlichste der Welt, folgte ihr Matt ins Zimmer, lümmelte sich an den Bettpfosten und hob Kittles hoch, die sogleich genießerisch die Augen zukniff und lautstark zu schnurren anfing. „Aye, ich weiß, was ich gesagt habe, aber … morgen soll der einzige Tag sein, an dem es nicht von früh bis spät wie aus Eimern gießt – und das muss ich ausnutzen. Nur ist Jack noch nicht wieder fit genug – und zum Teufel – ich brech mir noch den Hals, wenn ich das allein versuche."

Charlotte grinste. Zum ersten Mal, seit sie dem unmöglichen Schotten begegnet war, hielt sie das Zepter in der Hand. „Eine wirklich schreckliche Vorstellung!", kicherte sie und setzte sich im Schneidersitz auf den Sessel.

Matt rollte mit den Augen. „Ich verstehe dich nicht! Du bist zu verklemmt, auch nur einmal das Wort ‚Scheiße!' aussprechen zu können, aber wenn ich mir den Hals breche – dann lässt dich das kalt?"

„Je mehr du sagst – umso weniger schert mich dein Hals, Matt!"

„Aye, na schön, ich gebe es zu. Ich hätte deine Hilfe schon gestern annehmen sollen, aber bei Regen bekommen wir das ohnehin nicht dicht. Aber … falls … du mir morgen hilfst, sollten wir das in ein bis zwei Stündchen erledigt haben."

„Was soll ich tun?"

„Meinen Hals beschützen – und die Leiter festhalten, während ich das Dach abdichte und die neue Scheibe einsetze."

Charlotte musste nicht überlegen. Da sie auf jeden Fall bis

Montag hier sein würde, konnte sie die Zeit auch nutzen, sich mit Helens Anwesen vertraut zu machen. Das würde ihr auch bei der Entscheidung helfen, das Haus zu verkaufen – oder nicht.

„Na schön. Ich komme mit."

„Aye, gut. Dann …" Matt ließ seinen Blick über sie gleiten – beinahe zärtlich, wie sie fand. „… dann störe ich dich nicht länger bei … deinem Sport."

„Sport?"

Er deutete auf die Schlabberhose. „Du trägst Sportsachen. Ich dachte, du …"

Charlotte wurde rot. „Das sind doch nicht meine Sportsachen! Ich würde nie in … also das sind jedenfalls keine … das ist mein Schlabberanzug!", presste sie kleinlaut heraus und sah verlegen auf ihre geringelten Socken.

Matt küsste Kittles aufs Köpfchen und setzte sie wieder aufs Bett. Dann ging er zur Tür und schmunzelte. „Charly, du siehst sehr … nett aus in deinem Schlabberanzug. So … anschmiegsam … wie ein Kätzchen, aye?"

Sie stand auf und folgte ihm, wobei sie wieder verlegen die weiten Ärmel des Pullis über ihre Hände zog.

„Hör zu, Matt. Ich hatte einen schweren Tag, du kannst mich aufziehen, wenn du magst, aber ich hatte nicht damit gerechnet, dass du plötzlich in der Tür stehst. Es geht dich nichts an, wie ich aussehe." Sie stemmte die Hände in die Hüften und funkelte ihn verärgert an.

„Ich ziehe dich nicht auf. Das war mein Ernst."

Sie grinste zynisch, aber sein Blick brachte sie zum Schweigen.

„Dieser Pulli ist so weit, dass ich meine Hände darunterschieben und deine Haut berühren könnte. Der weiche Stoff schmeichelt dir und nimmt dir deine Strenge, die so … abschreckend wirkt. Aye, und die Hose …", flüsterte Matt und strich ihr über die Wange.

„Du meine Güte, Matt! Hör auf!", rief Charlotte, und ihr rasender Puls trieb ihr das Blut in die Wangen. Wie konnte er es wagen, so etwas zu sagen!

Er lachte heiser, und seine Hand fuhr in ihren Nacken. Er zog sie an sich und umfasste ihre Taille. Ihr Becken berührte seines. „Was muss ich tun, um dich fluchen zu hören, Charly?", fragte er, und sein Daumen liebkoste die empfindliche Haut unter ihrem Ohr.

Sie traute ihrer Stimme kaum, als sie fassungslos den Kopf schüttelte. „Sagst du das alles nur, damit ich fluche? Was ist das für ein Spiel, Matt?"

Er neigte den Kopf und sah ihr direkt in die Augen, aber sie nahm nur den frischen, männlichen Duft wahr, der ihn umgab. „Das Spiel heißt: Finde dich selbst, Charly."

Er beugte sich vor und versiegelte ihre Lippen mit seinem Kuss. Charlotte keuchte vor Empörung, als seine weichen Lippen ihren Widerstand zu brechen drohten. Seine Bartstoppeln kratzten, und doch wollte sie nicht zurückweichen. Seine Zunge glitt über ihre verschlossenen Lippen, neckte sie, sich ihr zu öffnen, aber Charlotte presste sie krampfhaft zusammen. Die Empfindungen, die sein Atem auf ihrer Haut, seine Hände an ihrer Taille und sein Becken, hart wie Granit, in ihr weckten, waren schockierend und doch so verlockend.

Sie wollte aufbegehren, ihn abwehren, und doch … öffnete sie ihre Lippen. Seine Zunge traf auf ihre, war in ihrem Mund, und ohne nachzudenken, erwiderte sie seinen Kuss.

Triumphierend zog Matt sie näher an sich, umfasste ihren Rücken und schob zugleich eine Hand unter ihr Shirt. Er fuhr ihre Wirbelsäule entlang und zauberte eine Gänsehaut, wo immer er sie berührte.

Sie konnte nicht denken. Ganz laut hörte sie eine Stimme in ihrem Inneren rufen, dass das ein Fehler war – aber warum fühlte es sich dann so richtig an? Sie schauderte unter seiner Liebkosung, und sein leidenschaftlicher Kuss ließ sie vergessen, wer sie war.

„Es war mein Ernst, Charly. Du siehst sehr nett aus. Besonders jetzt." Er zwinkerte verführerisch und strich ihr über die geröteten, von seinem Überfall leicht geschwollenen Lippen, ehe er sie losließ und durch die Tür verschwand.

Charlotte sah ihm nach, wie er um die Ecke bog, dann schloss sie die Tür, lehnte sich mit dem Rücken dagegen und horchte auf ihr hämmerndes Herz. Langsam hob sie die zitternden Finger an ihre Lippen. „Heilige Scheiße!", murmelte sie.

Kapitel 10

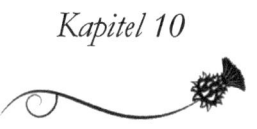

Der Samstag brachte tatsächlich schon in den frühen Morgenstunden Sonnenschein hervor. Das hatte auch eine positive Wirkung auf die Laune aller in Silvermoor. Jack hatte beim Frühstück einige lustige Anekdoten über Helen erzählt, und Matt war *auffallend* gut gelaunt. Er warf Charlotte immer wieder Blicke zu, die dazu gedacht schienen, ihr die Röte in die Wangen zu treiben. Sie hatte ein furchtbar schlechtes Gewissen, und dennoch atmete auch sie im Vergleich zu den letzten Tagen, die von Trauer überschattet gewesen waren, heute deutlich leichter. Als hätten die Sonnenstrahlen diese düstere Decke vertrieben, die über ihren Gemütern gelegen hatte. Dass der Kuss vom Vorabend damit irgendetwas zu tun haben könnte, lehnte sie kategorisch ab. Es lag an der Sonne!

Kittles schleckte laut schmatzend ein Töpfchen Milch leer, und Matt pfiff ein Lied durch die Zähne, als er Charlotte den Korb abnahm, in dem sie einige Brote und Getränke mit zum Pavillon nehmen wollten. Denn obwohl sie ihm nach dem verwirrenden Kuss lieber aus dem Weg gegangen wäre, wollte sie ihm doch nicht zeigen, wie sehr er sie erschüttert hatte, indem sie ihr Hilfsangebot zurückzog. Und da er selbst den Vorfall bisher mit keiner Silbe erwähnt hatte, würde sie sich eher die Zunge abbeißen, als damit anzufangen.

Doch nicht darüber zu sprechen war eine Sache – nicht daran zu denken eine ganz andere!

Als sie ins Freie traten, zwitscherten die Vögel, und das vor Nässe glänzende Weideland, das sie umgab, so weit das

Auge reichte, funkelte in der Morgensonne. Die Berge in der Ferne schimmerten violett wie Veilchen vor dem goldenen Himmel. Die Tropfen jedes einzelnen Grashalms brachen das Licht und verliehen den Hügeln etwas Magisches. Silvermoor. So magisch, wie nur Schottland es sein konnte. So fantastisch, dass es Charlotte nicht wundern würde, wenn sich Feen und Elfen aus den silbernen Bachläufen und den wogenden Grasbüscheln erheben und wie Schmetterlinge davonflattern würden.

Der Himmel leuchtete in schönstem Azur, und der Wind trug das Aroma der Highlands mit sich. Nach Wollgras, Ginster und dem fruchtbaren Boden dieser unberührten Natur. Der Duft war Charlotte so vertraut wie ihr eigener, und es war, als öffnete diese Brise eine lange verschlossene Schatulle tief in ihrem Inneren.

„Es ist zwar ein Stück, aber wir könnten zu Fuß gehen", schlug Matt vor und deutete auf den ausgetretenen Pfad durch Heidekraut und Disteln.

Sie erinnerte sich daran, wie sie in ihrer Kindheit mit ihrer Tante und auch mit ihren Eltern den Weg des Öfteren gegangen war. Es war eine schöne Strecke, und das Wetter lud geradezu ein, durch die Berge zu wandern. Außerdem fürchtete sie, bei einer Fahrt im Wagen Matt nicht ausweichen zu können, sollte die Frage nach dem Kuss aufkommen.

„Gerne. Es ist lange her, seit ich das ganze Anwesen gesehen habe. Ich bin gespannt, wie sich alles verändert hat."

Sie gingen los, und Matt erklärte ihr, wo am Haus notwendige Arbeiten durchgeführt werden mussten, als sie daran vorbeikamen. Aber er zeigte ihr auch, was er in den letzten Wochen geschafft hatte.

„Helen hatte da so eine Idee", erklärte er und deutete auf einen Hügel zu ihrer Rechten, der nicht weit vom hinteren

Flügel des Hauses entfernt lag. „Hier oben wollte sie eine Terrasse anlegen. Mit Steinbänken und einem Holzgeländer ringsherum."

„Eine Aussichtsplattform zum Malen?", fragte Charlotte und versuchte sich vorzustellen, welche Impressionen sich von dort einfangen ließen.

„Ja, aber nicht nur für sich selbst. Sie träumte schon lange davon, eine Art private Kunstschule zu eröffnen. Mit nur wenigen Gästezimmern und freiem Zugang zum Atelier und den verschiedenen Plätzen, die sie dafür schaffen wollte."

„Das klingt wundervoll! Warum hat sie es nicht getan?"

Matt sah sie an und tat sich schwer, den Vorwurf in seinem Blick zu verbergen. „Überleg doch mal, Charly. Sie war eine alte Frau – und allein, aye? Wie hätte sie sich gleichzeitig um Gäste kümmern, die Zimmer und das Essen richten und dabei noch Kunst unterrichten sollen?"

„Und du meinst, es wäre meine Pflicht als ihre einzige Verwandte, mich in Helens Küche zu stellen, Teller zu spülen und Betten aufzuschütteln? Ich kann nicht glauben, dass sie das von mir erwartet hätte! Mein Leben findet in London statt. Nicht hier."

Sie beschleunigte ihre Schritte, um ihren eigenen Schuldgefühlen zu entkommen. Es war nicht ihre Schuld, dass Helen diesen Traum nie gelebt hatte. Sie hörte Matt schnauben. Er kam ihr nach und hielt sie am Ellenbogen fest.

„Sie hätte doch nie gewollt, dass du Betten machst! Sie hat immer davon gesprochen, dass niemand so gut die Kunst versteht wie du. Sie hat davon geträumt, dass du der Welt die Augen öffnest und jungen Künstlern wahre Schönheit zeigst. *Du* hättest hier unterrichten können, Charly! Du!"

Der Atem brannte Charlotte in der Lunge, und ihre Kehle war so eng wie ein Nadelöhr. Es war, als hätte Matt sie geschlagen. Sie spürte den Schmerz, der durch ihren Körper rollte und jede Zelle zum Bersten zu bringen schien. Alles in ihr schrie gegen seine Worte an.

„Nein!", keuchte sie und versuchte ihn von sich zu stoßen. Das *nein* – sie wusste, wem es galt. Nicht Matt – sondern sich selbst, denn das Bild, das er gemalt hatte, brachte ihre Welt zum Einsturz. Sie wollte es! Sie wollte mit jeder Faser ihres Herzens dieses Bild zum Leben erwecken. Sie wollte dort oben auf dem Hügel stehen und malen. Wollte im Atelier über Strichführung, Kunststile und Werke großer Künstler sprechen. Sie sah die behaglichen Zimmer vor sich, die leeren Leinwände, die sich Woche für Woche unter den Pinselstrichen immer neuer Künstler füllen würden, und sie sah eine Galerie – vielleicht im Pavillon, wo sie die schönsten Werke dieser Nachwuchskünstler vorstellen könnte.

„Nein!", wiederholte sie diesmal mit mehr Nachdruck. „Du kannst nicht einfach so was sagen! Ich … ich bin verlobt und werde in London leben! Ich werde dort glücklich sein!"

Matt hielt sie noch immer fest, denn sie wäre gestürzt, hätte er sie losgelassen, so entschieden stemmte sie sich gegen ihn. „Wen von uns beiden willst du denn davon überzeugen? Mich? Oder doch eher dich selbst?"

„Ich muss niemanden überzeugen – weil es die Wahrheit ist!"

„Ach ja? Ist das so? Wo ist er denn, dein Verlobter? Warum begleitet er dich nicht zur Beerdigung deiner Tante? Ist ihm sein verdammter Job wichtiger als du? Wo ist dein Verlobungsring? Und wo ist dein Strahlen, wenn du von ihm redest? Und als du von London als deinem Lebensmittelpunkt gesprochen hast, hast du zuerst deine Arbeit in der Galerie genannt – und erst danach deinen Liebsten! Du bist so … verklemmt wie dein Haar, das du zwanghaft zu diesem lächerlichen *Ding* da zusammenpferchst!"

Charlotte stieß ihn hart gegen die Brust und riss sich los. Sie strich sich die Haare am Kopf glatt, denn einzelne Strähnen hatten sich aus ihrer Frisur gelöst. „Das *Ding* ist ein Dutt! Und ich finde den zufällig sehr schön! Und außerdem fantasierst du! Was du dir zusammenreimst, ist vollkommen absurd! Was willst du eigentlich? Hast du Angst um deine Anstellung, falls ich Whitaker Silvermoor überlasse?"

Matt warf in einer hilflosen Geste die Arme in die Luft. „Verflucht, Weib, dir ist nicht mehr zu helfen! Ich fantasiere kein bisschen. Ich höre dir einfach nur zu. Das scheint vollkommen neu für dich zu sein, aye? Jemand, der dir zuhört – der dir so viel Beachtung schenkt, dass er auch all das hört, was zwischen den Worten mitschwingt. Und das einfach nur, weil ich dich absurderweise gerne mag. Ich muss nicht hier in den Bergen hocken und Helens Haus hüten. Ich muss nicht Vaters Schafe versorgen – aber ich tue es, weil die Familie mir etwas bedeutet. Mach mit der Hütte, was du willst – und sorg dich dabei bitte nicht um mich!"

„Keine Angst, das tue ich nicht!"

Schweigend stapften sie nebeneinander durchs Gras und funkelten sich zornig an. Charlotte wollte nicht über Matts Worte nachdenken, und so versuchte sie sich einzig auf die Schönheit der Highlands zu konzentrieren. Ein Schaf trottete blökend davon, als sie über einen Hügel kamen. Charlotte sah dem wuscheligen Tier nach, das ebenso verwirrt darüber schien, sie hier in den Bergen zu sehen, wie sie selbst. Sie gehörte einfach nicht hierher!

Und sie wollte keine von Matts verwirrenden Reden an sich heranlassen. Das war alles Unsinn, und sie bereute, ihm ihre Hilfe angeboten zu haben. Am liebsten wäre sie seiner beunruhigenden Nähe entflohen, doch stattdessen erreichten sie nun den Pavillon, wo sie wohl leider nicht länger so tun konnte, als wäre er Luft.

Die kunstvolle schmiedeeiserne Konstruktion des Pavillons leuchtete hell in der Sonne, und in den Scheiben reflektierte sich regenbogenfarbig das Licht. Der Platz war perfekt gewählt, denn die überhängenden Äste einer Weide beschatteten einen Teil des luftigen Baus, während der Fluss, der direkt daran vorbeilief, dessen glänzendes Spiegelbild auf der tanzenden Oberfläche trug. Eine kleine Holzterrasse vor dem gläsernen Bau ragte ein Stück über den Fluss wie ein Steg und lud dazu ein, die Füße im Wasser baumeln zu lassen.

Charlotte sah sich um, und es erschien ihr, als wäre sie nicht länger als wenige Tage fort gewesen. Matt schloss den Pavillon auf und ging hinein, um die Seitenfenster zu kippen, sodass frische Luft durch den Glaspalast wehen konnte.

Der Wind wisperte in den Zweigen der Weide, und einige Blätter regneten auf Charlotte herab. Gedankenverloren zupfte sie sich diese aus den Haaren, löste dabei den Dutt und ließ ihre Strähnen in sanften Wellen über ihre Schultern fallen. Unauffällig sah sie zu Matt hinüber. Er schien genau zu wissen, was er tat, als er eine Leiter aufnahm und unter der Mitte der Kuppel aufstellte. Die Bewegung seiner Muskeln unter dem Shirt fesselte ihre Aufmerksamkeit. Die breiten Schultern des Schotten wirkten sehr männlich, und sein kräftiger Rücken wurde zur Taille hin schmaler. Er ging in die Hocke und untersuchte den Boden. Charlotte strich sich über die Lippe, als sie daran dachte, wie nah sie diesem Körper gestern Abend gekommen war. Matt wischte sich achtlos das Haar aus der Stirn und sah hinauf zur Decke, wo eine Plane zum Schutz vor dem Regen gespannt war. Dann betrachtete er missmutig die Bodendielen und rieb sich den Nacken, als er wieder zu Charlotte ins Freie kam. Rasch drehte sie sich weg, damit er nicht bemerkte, dass sie ihn beobachtet hatte.

„Verflucht. Die Plane hat nicht dicht gehalten und jetzt hat das Parkett Schaden genommen. An einer Stelle ist es furchtbar aufgequollen. Ich werde es erneuern müssen."

Er schien sich darüber wirklich zu ärgern, und Charlotte schenkte ihm ein aufmunterndes Lächeln.

„Ist es so schlimm? Kann man nicht einfach …"

„Einen Teppich darüberlegen?", schlug Matt kopfschüttelnd vor.

Sie zuckte mit den Schultern. Ja, an so etwas hatte sie gedacht. „Warum nicht?"

„Helen würde mich einen Stümper nennen, wenn ich das nicht ordentlich richten würde." Er kam zu ihr und nahm eine dünne Strähne ihres Haares zwischen seine Finger. „Sie hat immer gesagt, es sind die Kleinigkeiten, die …"

„… die das Bild perfekt machen", beendete sie den Satz, ohne sich seiner Berührung zu entziehen. Es war verblüffend, wie verbunden sie sich plötzlich mit ihm fühlte, wo sie doch gerade noch wütend auf ihn gewesen war. Aber er hatte recht. Die Kleinigkeiten – wie sich noch nach Helens Tod Gedanken um ihre Wünsche zu machen – ließen das Bild, das sie von ihm hatte, so nach und nach immer schöner werden. Vielleicht nicht perfekt – aber nahe dran, dachte sie, als sein unergründlicher Blick sie wie so oft verwirrte.

„Aye. Also machen wir uns an die Arbeit und flicken das Loch im Dach, ehe noch mehr Schaden entsteht", schlug er vor und ließ Charlotte den Vortritt.

„Hat Helen oft hier gemalt?", fragte sie und spähte in eine offene Schachtel mit Pinseln, die ebenfalls mit Plane abgedeckt war.

„Ich denke schon. Ständig musste ich ihr neue Leinwände bespannen und herbringen."

Charlotte sah sich um und runzelte die Stirn.

„Was mich wieder an die eigentliche Frage erinnert: Wenn

meine Tante so viel gemalt hat – wo sind dann ihre fertigen Bilder? Im Atelier habe ich nur eines gesehen. Das auf der Staffelei. Und das war offensichtlich noch in Arbeit." Sie drehte sich einmal um sich selbst, aber die Glasflächen rund um sie herum boten keinen Raum für Spekulationen. „Also, Matt, wo sind all ihre Werke?"

Charlotte fragte sich, wie sie das je herausfinden sollten. Sie hatten sich gemeinsam jeden Raum angesehen, aber bisher kein einziges Bild von Helen gefunden. Wo hatte sie ihre Werke versteckt, aus Angst, jemand könnte sie sehen und verurteilen?

Matt hob die Augenbrauen. Er schien diese Frage schon wieder vergessen zu haben. „Keine Ahnung. Vielleicht …" Auch er sah sich um. „… war sie eine furchtbar schlechte Malerin und hat alle ihre Werke im Fluss versenkt", schlug er grinsend vor und machte sich dabei an der Glasscheibe zu schaffen, die an der Wand lehnte.

Charlotte ging zu ihm und wartete auf Anweisungen. „Was hast du vor?"

Wieder sah Matt hinauf zur Plane, ehe er antwortete. „Genau da oben hat der verdammte Ast – ich habe ihn inzwischen abgesägt – die zwei obersten Scheiben zerschlagen. Ich habe versucht, sie auszutauschen, aber allein das Herausnehmen der kaputten Platten war eine verfluchte Drecksarbeit!"

Charlotte kniff die Lippen zusammen, um nicht zu lachen. Schließlich wusste sie seit gestern, wie befreiend ein Fluch sein konnte. „Schaffen wir das denn zu zweit?", fragte sie zweifelnd, als sie sich vorstellte, wie sie diese riesige Glasplatte dort hinaufschaffen würden.

Er schmunzelte. „Ich bin ein starker Kerl, Charly, aye? Vergiss das nicht."

Sie spürte, wie sich ihr Puls beschleunigte. Sie wusste

genau, *wie stark* sich seine Hände an ihrer Taille angefühlt hatten.

Matt erklärte ihr, wie sie die Leiter stabilisieren sollte, während er hinaufsteigen und die letzten Scherben aus dem Rahmen heraustrennen würde, sodass sie die neue Scheibe einsetzen konnten. Charlottes Aufgabe war nicht schwer, aber sie fühlte sich nicht besonders bei dem Gedanken daran, dass Matts Wohl an ihr hing.

Sie legte den Kopf in den Nacken und beobachtete jede seiner Bewegungen, um zu wissen, wann die Leiter wackeln würde. Dabei fiel ihr unweigerlich auf, dass sein Hinterteil in der Jeans einen recht … *straffen* Eindruck machte – wenn sie es mit den Worten ihres Folterknechts Dan ausdrückte. Matt schraubte kopfüber und steckte die herausgelösten Schrauben zwischen seine Lippen. Dann stieg er noch ein Stück höher und setzte sich rittlings auf die Spitze der Leiter, die obersten Sprossen zwischen seine Schenkel geklemmt. Die Leiter wackelte dabei gefährlich, und Charlotte brauchte ihre ganze Kraft, um sie zu stabilisieren. Zufrieden sah Matt von oben auf sie herab und nahm grinsend die Schrauben aus dem Mund.

„Muss ich fürchten, dass du die Leiter umstößt, wenn ich dir sage, wie reizvoll der Blick in deinen Ausschnitt von hier oben ist?"

Hektisch ließ sie die Leiter los und presste sich die Hände aufs Dekolleté. Zornig sah sie ihn an, aber sein warmes Lachen nahm ihr den Wind aus den Segeln, und sie musste ebenfalls kichern.

„Du hängst ganz offensichtlich nicht sehr an deinem Leben!", rief sie zu ihm hinauf und tippte provozierend mit dem Fuß gegen die unterste Sprosse.

„Aye, doch – aber ich zähle auf deinen Verstand. Du würdest mich erst zu Fall bringen, wenn das Dach wieder dicht wäre. Alles andere wäre unvernünftig. Und unvernünftig bist du ja nun wirklich nicht."

Charlotte streckte ihm die Zunge heraus und kam sich dabei furchtbar albern vor.

Auch Matt schien überrascht und rückte auf der Leiter hin und her. „Ist das eine Herausforderung, Charly?"

Ihr wurde heiß. Sie spürte, wie ihre Wangen sich röteten und Matts Stimme rauchig in ihrem Innersten widerhallte. Sie hätte sich ohrfeigen mögen, und zugleich verspürte sie das Verlangen, alle anerzogenen Konventionen abzulegen und nur dieses eine Mal das Spiel, das der teuflische Schotte so hervorragend zu spielen verstand, mitzumachen. Was würde ein Mann wie er, der keine Manieren, dafür aber haufenweise schlüpfrige Sprüche parat hatte – tun, wenn sie ihn herausforderte?

Schockiert, in welche Richtung ihre Gedanken gingen, versuchte sie sich genau auf das zu besinnen, was er vorschlug – ihren Verstand. Daher überging sie seine Frage und packte die Leiter so fest, dass ihr das Blut aus den Fingern wich.

„Wie lange willst du noch untätig dort oben sitzen? Von hier aus sieht es nicht so aus, als wärst du einem dichten Dach auch nur einen Schritt näher gekommen", schimpfte sie streng.

Matt zwinkerte und salutierte, ehe er sich wieder an die Arbeit machte. „Aye, aye – entschuldigen Sie Madame, dass ich mich von der Aussicht auf zwei perfekte Hügel ablenken ließ!"

Sein raues Lachen hallte von den hohen Decken wider, und Charlotte warf wütend einen prüfenden Blick auf ihren Ausschnitt. Anstatt den drängenden Fluch, der ihr auf der Zunge lag, über ihre Lippen schlüpfen zu lassen, knirschte sie mit den Zähnen. Nur weil sie einmal geflucht hatte, bedeutete dies nicht, dass sich das wiederholen würde. Ebenso wie der Kuss war der Fluch ein einmaliger Ausrutscher gewesen!

Als Matt schließlich die Reste der Scheibe entfernt hatte, stieg er mit den Scherben beladen vorsichtig von der Leiter.

„Dort oben staut sich die Hitze!" Er warf das Glas in einen Eimer und wischte sich den Schweiß von der Stirn.

„Willst du eine Pause machen?", fragte Charlotte und deutete auf den Korb mit Essen. Er sah auf die Uhr – dann nickte er.

„Das wird so schnell nicht fertig – stärken wir uns also." Er trat hinaus und setzte sich an den Rand des Holzdecks, schlüpfte aus seinen Schuhen und zog die Strümpfe aus. Matt klopfte auf den Platz neben sich und ließ die Füße ins Wasser baumeln. „Komm, setz dich."

Charlotte zögerte. Sich neben ihn zu setzen, würde bedeuten, ihm nahe zu sein. Näher, als es ihre aufgewühlten Nerven im Moment verkraften konnten. Seine Aufforderung auszuschlagen, würde ihm aber deutlich zeigen, wie sehr er ihr unter die Haut ging. Dabei lag das ganz sicher nicht an ihm. Es war einfach ihre momentane Verletzlichkeit – und die Tatsache, dass Francis nicht hier war. Vermutlich war es mit Matt so wie mit Brot. Sie liebte köstliche Törtchen mit süßer Glasur und einer cremigen Füllung. Sie würde alles für diese kleinen Kuchen tun, aber wenn sie wüsste, dass sie keine bekommen würde … dann … würde irgendwann, wenn der Hunger groß genug war, auch Brot zum Leben genügen. Francis war ihr Törtchen, und sie vermisste ihn, aber solange er fort war, würde sie wohl oder übel mit Brot auskommen müssen. Und Matt war ein kerniges Brot mit einer harten Rinde – aber er gab ihr im Augenblick Kraft.

Sie reichte ihm eine Flasche Wasser und eines der Sandwiches, um Zeit zu gewinnen. Schließlich setzte sie sich zögernd neben ihn und schlüpfte ebenfalls aus den Schuhen. Das Wasser war eisig, und sie zuckte zurück, als ihre Zehen die Oberfläche berührten.

Matt lachte mit vollem Mund und spritzte mit dem Fuß Wasser in ihre Richtung, was ihr einen spitzen Schrei entlockte.

„Hör auf! Es reicht, dass du mich einmal in den Fluss gestoßen hast! Das musst du nicht wiederholen!"

Der Schotte erstarrte in der Bewegung. Er würgte den Bissen in seinem Mund schnell hinunter. Sein Blick war voll plötzlichem Interesse, und er strich sich die Krümel vom Shirt, ehe er etwas entgegnete. „Du erinnerst dich daran", stellte er fest und sah sie an, als sähe er sie zum ersten Mal.

„Sicher!" Charlotte bekam feuchte Hände. Sie fühlte sich, als wäre sie in einen Bienenstock getreten. Sie wusste, gleich würde es brenzlig werden. Etwas an der Art, wie er sie ansah, war beunruhigend, und sie rückte ein gutes Stück von ihm ab. „Es war … zu nass und zu kalt, um es zu vergessen", tat sie es ab und sah auf die wirbelnde Wasseroberfläche, als wäre diese das Spannendste auf der Welt.

„Warum hast du das nicht gesagt? Ich dachte, du … erkennst mich nicht wieder."

„Es ist mir gerade erst eingefallen!"

„Du lügst!"

„Na gut, aber was hätte es geändert, wenn ich gesagt hätte: Ach du bist es, der furchtbare, nervige Junge, der mich damals in den eisigen Fluss gestoßen hat!? Außerdem hast du auch nichts davon gesagt, dass wir uns bereits früher begegnet sind", verteidigte sich Charlotte.

„Ich war der *furchtbare, nervige Junge* – schon vergessen? Sollte ich dich direkt daran erinnern? Wohl kaum! Aber jetzt weiß ich endlich, warum du so bissgurkig zu mir bist. Du trägst mir einen Jungenstreich nach, der schon fast zwanzig

Jahre her ist!"

„Du meine Güte, das ist doch Unsinn! Ich muss dir keinen uralten Streich nachtragen, denn ich finde dich heute noch genauso furchtbar und nervig wie damals! Du nimmst dir auch jetzt noch Dinge heraus, die deutlich zu weit gehen!"

Matt grinste verschlagen. „Aye? Was denn für Dinge?"

Charlotte stand auf, zog sich etwas unter die überhängenden, schützenden Äste der Weide zurück und verschränkte die Arme vor der Brust. „Na ... zum Beispiel mischst du dich in Sachen ein, die dich nichts angehen, du ... du machst Sprüche, und ... und du hast mich geküsst!"

Er kam vom Boden hoch. Seine Füße hinterließen nasse Abdrücke auf dem Holzboden, als er ihr unter das Blätterdach folgte. „Es tut mir leid, dass ich mich in deine Angelegenheiten einmische – das ist nicht meine Absicht. Und es tut mir leid, wenn ich manchmal ... etwas sage, das dir unangenehm ist. Aber zumindest ... hast du mich nicht vergessen und ..." Er zwinkerte schelmisch. „... und wohl auch das ein oder andere Mal an mich gedacht!"

Damit wandte er sich ab und ließ Charlotte zähneknirschend zurück. Die ballte die Hände zu Fäusten und ging ihm nach.

„Ich habe nie an dich gedacht! Nie! Und wenn, dann sicher nicht im Guten! Außerdem hast du dich noch nicht für den Kuss entschuldigt!"

Matt lachte und sah sie herausfordernd an. „Aye, das werde ich auch nicht. Denn es tut mir kein bisschen leid, dich geküsst zu haben. Genauso wenig, wie es mir leidtut, dich in den Fluss gestoßen zu haben. Und Charly, sieh das doch mal positiv: Jetzt hast du etwas, das du für die *nächsten* zwanzig Jahre nicht vergessen wirst!"

Empört schnappte sie nach Luft, aber ehe ihr etwas einfallen wollte, das sie auf diese Frechheit erwidern konnte, prasselten die ersten Regentropfen auf das Holzdeck.

Auch Matt schien überrascht, denn er fluchte laut und rieb sich den Nacken, als er den wolkenverhangenen Himmel betrachtete. Sie waren so mit sich beschäftigt gewesen, dass ihnen der Wetterumschwung entgangen war. Nun kam Matt in Bewegung und eilte in den Pavillon. Charlotte atmete tief durch, um sich zu beruhigen und sich auf das akuteste ihrer Probleme zu besinnen: das Loch in der Decke des Pavillons. Auch wenn sie gerade den starken Impuls verspürte, ihren unmöglichen Begleiter doch noch von der Leiter zu stoßen!

„Hier, hilf mir, das da so anzuheben", bat er, sobald sie neben ihm stand. Er zeigte ihr, was er meinte, und stieg auf die Leiter, während er ächzend die riesige Scheibe nach oben wuchtete. Charlotte tat, was sie konnte, um es ihm zu erleichtern, aber das Gewicht der Glasplatte war immens. Sie sah, wie seine Arme vor Anstrengung zitterten und eine Ader an seiner Schläfe hervortrat.

„Geht es, Matt?", rief sie ängstlich, bekam aber nur ein Keuchen als Antwort. Sie klammerte sich an die Leiter, um diese zu stabilisieren, ohne jedoch Matt über sich aus den Augen zu lassen. Er hatte es inzwischen fast geschafft, die Platte bis unter die Decke zu bringen, aber nun würde er sie über seinen Kopf heben müssen, um sie festzuschrauben. Der Regen lief ihm ins Gesicht und machte die Scheibe rutschig. Das würde nie funktionieren!

„Charly, du …", keuchte er und stemmte das Glas über seine Schultern. Die Leiter bebte. „… dort unten liegen die Schrauben. Kannst du sie mir reichen?", presste er hervor.

„Ja, warte."

Etwas unsicher stieg Charlotte die andere Seite der Leiter hinauf, bis sie auf gleicher Höhe mit ihm war. Er hatte Mühe, die Platte an die vorgesehene Stelle in der Decke zu pressen – wie er so schrauben wollte, war ihr ein Rätsel. Eines, das auch Matt nicht lösen konnte, denn obwohl er versuchte, das Glas mit der Schulter nach oben zu drücken, bekam er doch den Arm nicht weit genug gestreckt, um die Schrauben in die vorgesehenen Löcher zu drehen.

Charlotte schloss die Augen, zählte bis drei, um ihre Angst zu überwinden, und erklomm noch eine weitere Sprosse. Sie stemmte die Hände gegen die Scheibe und sah Matt in die Augen. Nur Zentimeter trennten die beiden, und ihr Atem vermischte sich, während der Regen über ihre Haut rann. Sie fröstelte, und doch war ihr heiß.

„Nicht! Das ist zu gefährlich, Charly. Geh wieder runter!"

Ihre Arme schmerzten vor Anstrengung, aber sie biss die Zähne zusammen. „Ach ja? Und wie willst du das allein schaffen?"

Matt brummte einen schottischen Laut, der sein Missfallen fast deutlicher ausdrückte als einer seiner Flüche. Er sah sie an, abschätzend – dann nickte er. „Aye, meinetwegen! Aber gib nicht mir die Schuld, wenn du dir den Hals brichst!"

„Rede nicht – mach endlich!" Sie steckte sich die Schrauben zwischen die Lippen, um die Scheibe besser halten zu können und funkelte Matt an, damit dieser sich beeilte.

„Ich lass jetzt an dieser Seite los", warnte er sie, ehe er langsam den Arm herunternahm und nach dem Schraubenzieher griff, der in seinem Gürtel steckte.

Behutsam nahm er eine der Schrauben aus Charlottes Lippen und beugte sich näher zu ihr hinüber, um auf ihrer Seite die erste Schraube anzubringen. Sie atmete seinen Duft ein, und obwohl ihr der Regen in die Augen lief, die Arme einschliefen und ein Sturz ihr vielleicht alle Knochen brechen würde, realisierte sie doch nur das. Matts Duft. Wie am Vorabend roch er nach frischer Seife – und nach Mann.

Er schwitzte. Charlotte fragte sich, wie seine Haut schmecken mochte, und zum Glück würde Matt die Röte in ihren Wangen diesmal der Anstrengung zuschreiben.

Matt arbeitete konzentriert, doch er kam nicht umhin, die Nähe zu Charlotte zu genießen. Ihr leises Stöhnen unter der Last der Scheibe peitschte seine Fantasie in Gefilde, die eindeutig erotischer Natur waren. Sie ahnte ja nicht, wie sehr er sich wünschte, diese süßen Laute von ihren Lippen zu kosten. Sein Arm streifte ihren, und er glaubte, nie zuvor so samtweiche Haut berührt zu haben. In ihren Augen sah er Entschlossenheit, und obwohl ihre Lippen vor Anstrengung zitterten, beschwerte sie sich nicht. Das wunderte ihn. In dieser Hinsicht hatte er die kleine Städterin wohl falsch eingeschätzt. Er nahm ihr die letzte Schraube aus dem Mund, und sie leckte sich den Regen von der Lippe.

„Verdammt!", murmelte er, als ihn der Anblick ihrer Zungenspitze beinahe das Gleichgewicht gekostet hätte. Noch eine Schraube – und der Moment der Nähe wäre vorüber. Nur widerwillig machte er sich ein letztes Mal an die Arbeit. Er beugte sich vor, sein Mund ihrem so nah. Seine Brust berührte ihre, und ihr Seufzen strich über seinen Hals wie ein Seidenband, das ihm den Atem nahm. Er fühlte ihren Herzschlag, so nah waren sie sich, und als er sie ansah, wünschte er, der Regentropfen zu sein, der gerade von ihrer Lippe perlte und ihren Hals hinab in ihren Ausschnitt lief.

Heftiges Verlangen durchströmte ihn, und er verfluchte sich selbst dafür, Charlotte überhaupt mit hierher gebracht zu haben. Was hatte er sich nur dabei gedacht? Reichte es ihm nicht, dass er die ganze Nacht kein Auge zugetan hatte wegen des Kusses? War er wirklich so dumm, wieder auf den gleichen Typ Frau hereinzufallen? Noch dazu auf eine, die verlobt war? Charlotte war nicht mehr das süße Mädchen von früher. London hatte sie verdorben. Sie war jetzt eine Städterin!

Und doch bot sie ihre ganze Kraft auf, um ihm zu helfen, im strömenden Regen das Dach abzudichten. Er drehte die Schraube fest und sah ihr in die Augen. Sie war so widersprüchlich, dass er nicht wusste, was er von ihr halten sollte. Er wusste nur, dass er ihren Lippen viel zu nah war, um klar denken zu können. Nah genug – um Fehler zu machen.

Er steckte den Schraubenzieher ein und fasste nach ihren Händen. Behutsam löste er diese von der Scheibe und spürte, wie ihre Muskeln krampften, als sie die Schultern sinken ließ.

„Fertig", murmelte er und hielt sie fest, als sie leicht wankte. „Das hast du super gemacht, Charly", lobte er heiser und wischte ihr einen Regentropfen von der Wange. Seinem Verlangen nachgebend strich er mit seinen Lippen über ihre, ohne sie jedoch zu küssen.

Charlotte klammerte sich kraftlos an den Schotten, dessen Nähe ihr so unter die Haut ging, dass sie Angst bekam. Angst vor ihren Gefühlen.

Ihre Arme brannten wie Feuer, ihre Schultermuskeln waren verkrampft und ihr Nacken steif – und doch überlagerte seine zarte Berührung jede andere Empfindung. Ihre Lippen kribbelten in Erwartung seines Kusses, doch der kam nicht. Matt lehnte sich zurück und massierte ihr stattdessen zärtlich die Arme.

„Geht es wieder?", fragte er, und sein Blick war dunkel, seine Stimme rau.

Charlotte zitterte, denn sie wusste, warum das so war. Auch sie spürte die knisternde Spannung zwischen ihnen, das unerklärliche Verlangen – nach dem totalen Gegensatz. Matt entsprach überhaupt nicht dem Typ Mann, mit dem sie sich verabreden würde. Er war nicht einmal rasiert – und doch wünschte sie, er hätte sie geküsst.

Kapitel 11

Erschöpft sah Charlotte zu, wie Matt versuchte, die zweite beschädigte Scheibe mit Folie abzudichten, damit sie sich endlich auf den Rückweg machen konnten. Inzwischen hatte der Regen aufgehört, aber es sah nicht so aus, als wäre das Schlimmste schon ausgestanden.

„Los geht´s", drängte er zum Aufbruch und schnappte sich den Korb. Weder seine nassen Klamotten noch die Anstrengung schien ihm etwas auszumachen.

„Ich bin total geschafft", gestand Charlotte ehrlich und kam nur mühsam auf die Beine. Sie würde morgen keinen Muskel rühren können, das wusste sie von Dans hartem Training. Nicht einmal der hatte es geschafft, sie so fertigzumachen.

Besorgnis stand Matt ins Gesicht geschrieben, und er half ihr hoch. „Hast du noch genug Kraft für den Rückweg?"

Sie lächelte. „Sicher. Aber ich brauch dringend eine heiße Dusche, um meine Muskeln zu lockern."

„Dann komm, ich bring dich nach Hause."

Nach Hause? Wie ungewohnt das klang. Nach Familie, nach dem Ort, an dem man lebte – und glücklich war. Silvermoor war nicht ihr Zuhause – und doch fühlte es sich irgendwie richtig an, Matt das sagen zu hören.

Es kam Charlotte so vor, als würde jeder weitere Tag in Schottland ihr nicht nur gewohnten Boden unter den Füßen fortreißen, sondern auch Brücken schlagen zu Möglichkeiten, die ihr noch vor wenigen Tagen nie in den Sinn gekommen wären. Das regennasse Gras und die

Felsbrocken am Wegrand erdeten sie im Hier und Jetzt. Es gab tausend Dinge, über die sie nachdenken wollte. Tausend Dinge, die ihr durch den Kopf spukten und die eine Entscheidung verlangten – und dennoch fühlte sie sich an Matts Seite hier in den Highlands von alldem losgelöst. Sie hörte ihre Schuhe bei jedem Schritt schmatzen, spürte den Wind, der ihnen nun kalt entgegenblies, und genoss die Gesellschaft dieses ungehobelten Schotten – so merkwürdig das auch war.

Nach einer Weile, in der sie schweigend nebeneinanderher gegangen waren, brannte Charlotte eine Frage auf der Zunge. „Du hast gesagt, du bist nicht verheiratet. Aber wie sieht es mit einer Freundin aus? Gibt es da wirklich niemanden, Matt?"

Er blieb stehen und sah sie verwundert an. Er schien gekränkt.

„Du kannst keine besonders hohe Meinung von mir haben, wenn du mir diese Frage stellst, Charlotte."

Sie fühlte sich unwohl, denn zum ersten Mal seit Tagen nannte er sie nicht mehr Charly. Sie hatte ihm nicht zu nahe treten wollen – und erst recht nicht beabsichtigt, ihn zu beleidigen.

„Matt, ich … entschuldige …"

„Nein, das tue ich nicht! Ich habe dich geküsst. Und entgegen deiner Einschätzung bin ich kein Wilder, der jedes Weib, das ihm über den Weg läuft, in die Büsche schleppt und …". Er rieb sich den Nacken, als kostete ihn diese Unterhaltung Nerven. „Um aufs Thema zurückzukommen: Nein, Charlotte – ich habe keine Freundin."

Er ließ sie stehen und stapfte weiter. Sein Rücken so kerzengerade wie eine unüberwindbare Mauer des Schweigens.

Mit einem lauten Zähneknirschen beeilte sie sich, ihm

hinterherzukommen, die Schmerzen in ihren Muskeln ignorierend.

„Matt!", rief sie. „Matt, bitte! Bleib stehen! Au!" Charlotte verdrehte sich den Fuß schmerzhaft an einer Unebenheit und stürzte aufs Knie. „Scheiße!", rief sie und hielt sich den Knöchel. Der plötzliche Schmerz ließ ihr die Tränen in die Augen schießen.

„Du meine Güte, Charly – habe ich eben wirklich richtig gehört?", fragte Matt amüsiert und kniete breit grinsend neben ihr nieder. Und auch wenn ihr gerade nicht zum Lachen zumute war, schmunzelte sie.

„Das ist nicht witzig, Matt! Ich hab mir wohl den Knöchel verstaucht!"

Vorsichtig zog er ihr den Schuh aus und bewegte zaghaft ihren Fuß. Er hielt ihre Ferse und drückte dabei leicht gegen das Schienbein. Sie zuckte, als er danach ihr Fußgelenk drehte und besorgt die Stirn runzelte.

„Ich hoffe, du hast dir nicht das Außenband gerissen. Um die normale Beweglichkeit deines Kapselband-Apparates zu prüfen, müsste ich zum Vergleich auch deinen anderen Fuß untersuchen." Er sah in den sich rasch verdunkelnden Himmel. „Aber ich schlage vor, das machen wir zu Hause. Ich kann dich das letzte Stück tragen, damit du den Fuß nicht weiter belastest."

Charlotte war überrascht von den geübten Handgriffen und der Vorsicht, die er bei seiner Untersuchung walten ließ – und ja, es fühlte sich wirklich nach einer routinierten Untersuchung an. Behutsam half er ihr aufzustehen und legte dabei ihren Arm um seine Schulter, ehe er seine Arme unter ihre Knie schob und sie hochhob.

„Du …?" Sie wusste nicht, wie sie ihre Frage formulieren sollte. „Was war das eben, Matt? Dieses Kapselband-Apparat-Gerede? Bist du Arzt?"

Matt schnaubte und sah sie von der Seite an, während er sie trug, als wöge sie nichts. „Nein. Ich war Rettungssanitäter."

„Du *warst*? Sag nicht, du hast deinen Beruf aufgegeben, um hier … Helens Haus zu hüten."

Matt ging schweigend weiter. Die nächsten Regentropfen fielen schon wieder vom Himmel.

„Verflucht!", brummte er, und sein Gesichtsausdruck lud nicht dazu ein, ihn weiter auszuhorchen, aber Charlotte bohrte dennoch nach. Sie glaubte nicht, dass er sie zurücklassen würde, nur um ihrer Neugier zu entkommen.

„Matt? Warum *warst* du Sanitäter?"

Er machte diesen mürrischen Laut, der Charlotte zeigte, dass er ihr nicht antworten wollte. „Ich habe keine Freundin – und ich habe keinen Job. Mehr musst du nicht wissen."

Sein Kiefer wirkte unnachgiebig, und sie hätte ihm gerne die Zornesfalte auf seiner Stirn geglättet, aber sie wagte es nicht. Seine kühle Distanziertheit verletzte sie, denn aus irgendeinem Grund hatte sie angenommen, sie stünden sich inzwischen nahe. Aber nur weil er sie geküsst hatte, musste das ja noch lange nichts bedeuten!

„Vielleicht hast du beides nicht, weil du dich nicht rasierst", flüsterte sie wütend vor sich hin, wohl wissend, dass er sie hören musste.

Matt blieb stehen und sah ihr tief in die Augen. Sein eigenes mürrisches Gesicht spiegelte sich darin wider. Er ignorierte den stetigen Regen, der sie beide bis auf die Knochen durchnässte. Sein Zorn schürte ihn von innen heraus, und ihm war heiß. Diese Frau trieb ihn geradewegs in den

Wahnsinn!

„Wohl nicht! Vielleicht liegt es aber daran, dass es keine *einfachen* Frauen mehr gibt, sondern nur noch gierige Weiber, die nicht genug bekommen können, aye? Erkennst du dich darin wieder, Charlotte?", fragte er schroff.

„Du gibst also die Schuld für dein … nennen wir es *Unglück*, den Frauen?", fragte sie ironisch und legte den Kopf schief.

Er kniff die Lippen zusammen, um nicht noch mehr zu sagen, das später zwischen ihnen stehen würde. Er holte, nach einer Antwort suchend, tief Luft. Ihr blumig-warmer Duft stieg ihm in die Nase und ließ seinen Ärger einer matten Niedergeschlagenheit weichen. „Lass gut sein, Charly – wir hatten einen … anstrengenden Tag und …" Er sah sie versöhnlich an. „Und ich will mich nicht mit dir streiten."

„Du hast damit angefangen."

„Habe ich nicht. Du … fragst zu viel."

„Entschuldige, dass ich ein Gespräch führen wollte, während du mich durch die Berge schleppst. Ich fand es nur höflich, nicht schweigend wie ein Stein an dir zu hängen", gab sie in ihrer gewohnt eleganten Kühle zurück, die er so sehr verabscheute.

Matt grinste und fasste sie fester. Es drängte ihn danach, ihr diese Maske des guten Benehmens herunterzureißen und die Frau darunter zu entdecken.

„Ein sehr weicher und anschmiegsamer Stein … mit tollen Brüsten!", reizte er sie deshalb und freute sich über ihre Empörung.

Charlotte schnappte nach Luft. „Du …"

„Und wenn du wirklich höflich sein willst, dann küsst du mich aus Dankbarkeit dafür, dass ich deinen kleinen Hintern so weit schleppe", stichelte er weiter.

„Ich fasse es nicht! Wie kann deine Stimmung nur so

schnell umschlagen? Du … lass mich runter! Ich laufe das letzte Stück!", forderte sie, denn das Haus war inzwischen in Sichtweite, aber Matt lachte nur. Wann immer sie sich aufregte, fühlte er sich ihr – der eigentlichen Charlotte – viel näher, als wenn er erlaubte, dass sie sich hinter ihrem guten Benehmen und ihren versnobten Klamotten versteckte. Beide hatten sie tropfnasses Haar, und ihre Kleidung klebte ihnen am Körper. Es war, als wären sie miteinander verbunden, als wären sie eins. Er fühlte das Pochen in seiner Brust, denn er wusste, er bewegte sich auf dünnem Eis.

„Du …? Was wolltest du sagen, Charly? Was bin ich? Sag es!", verlangte er und blieb mitten im Matsch stehen.

Sie waren nur wenige Schritte vor der Haustür. Das Wasser lief ihm übers Gesicht, und Charlottes Haare pappten ihr triefend am Kopf. Er wollte es hören!

„Geh weiter, Matt! Wir werden pitschnass!"

Er rührte sich nicht. „Wir sind schon nass – also, sag es. Was bin ich in deinen Augen? Da wollte doch nicht etwa ein Schimpfwort über deine süßen Lippen kommen?"

„Nein! Ich … ich weiß nicht, was ich sagen wollte! Und jetzt geh, oder lass mich runter!"

„Sag es!"

Charlotte schnaubte und schlug gegen seine Brust. „Du *Idiot*! Bist du nun zufrieden? Du bist ein Idiot! Ein sturer, nerviger und unzivilisierter Idiot!"

Matt lachte laut, und sein Verlangen nach ihr wuchs. Wurde drängend. „Aye – du hast recht, Charly! Ich bin ein Idiot! Da hoffe ich auf einen Kuss aus Dankbarkeit – von einer Städterin! Dabei funktioniert das in den Städten so nicht! Da nimmt man sich, was man begehrt, nicht wahr?"

Verbittert presste er seine Lippen hart auf ihre, und der unnachgiebige Griff seiner Arme hielt sie fest an seinen Körper gepresst. Charlottes Gegenwehr beachtete er nicht, sondern eilte auf die Tür zu und vertiefte bei jedem Schritt seinen drängenden Kuss. Er trat die Tür mit dem Stiefel hinter sich zu und hinterließ matschige Flecken auf dem Boden.

„Ich will dich!", murmelte er gegen ihre Lippen und wusste doch, dass er sie nicht haben konnte. Sie war nicht die Frau, die er suchte. Sie war wie eine schlechte Erinnerung. Und sie war verlobt – mit einem anderen, und doch spürte er ihren Widerstand schmelzen und ihre Lippen sich seinem Kuss öffnen. Ihre Hände, die ihn gerade noch von sich stoßen wollten, lagen nun in seinem Nacken, und ihr Atem ging so schnell wie seiner.

Er löste sich von ihr und sah auf sie hinab. Sie sah wunderschön aus. Regentropfen glänzten wie Perlen in ihrem Haar, ihre Wangen gerötet vor Scham und Zorn, während ihre Lippen weich und sinnlich leicht geöffnet nach mehr verlangten. Matt suchte in ihrem Blick nach Zustimmung, damit er sie in ihr Zimmer hinauftragen konnte, um sie zu lieben. Verflucht, er wusste, dass er mehr als bereit dafür war – und sobald er sie an seinem Körper hinabgleiten lassen würde, wüsste auch sie es.

Charlotte fühlte das Feuer in ihrem Blut und eine nie gekannte Erregung, die Matts stürmischer Kuss in ihr entfacht hatte. Das wilde Hämmern ihres Herzens wollte jeden vernünftigen Gedanken übertönen.

Ich will dich – das war direkt. Kein höfliches Umwerben, sondern eine klare Ansage, die wie ein Donnerschlag nachhallte und Charlottes Körper zum Vibrieren brachte.

Sie sah ihn an. Erkannte das Begehren in seinem Blick, so

unverschleiert und wild wie das schottische Hochland selbst.

Er wartete auf ihre Antwort, auf ein kleines Zeichen ihrer Zustimmung.

Kapitel 12

Charlotte blinzelte. Suchte nach Worten …

War es ihre Rettung oder ihr Untergang, dass in diesem Moment die Küchentür aufgestoßen wurde? Jack trat in die Halle – und er war nicht allein.

Hinter ihm steckte Margarete den Kopf herein, und deren schockierter Schrei lockte Sekunden später auch Francis in die Eingangshalle.

Erschrocken sah Charlotte in die versteinerten Gesichter der halben Colewell-Familie und wurde sich bewusst, was für ein Bild sie und Matt bieten mussten.

„Himmel, Charlotte!", kreischte Margarete aufgelöst. „Was ist denn hier los? Was … was tust du … er … dieser … und warum seid ihr nass?"

Charlotte stand kurz vor einem Nervenzusammenbruch. Sie rang ein hysterisches Lachen nieder und wusste nicht, was sie antworten sollte.

Matt war aus einem anderen Holz geschnitzt. Zögernd und mit größter Selbstverständlichkeit stellte er Charlotte auf die Füße, legte aber seine Hand um ihre Taille, um sie zu stützen.

„Guten Abend, die Herrschaften", grüßte er unbeeindruckt und beachtete die Aufregung nicht weiter, die den anderen ins Gesicht geschrieben stand. „Wir sind in einen verfluchten Regenschauer gekommen", erklärte er und half Charlotte, auf einem Bein in Richtung der Küche zu hüpfen. „Miss Finnegan ist umgeknickt, und so konnte sie nicht mehr laufen."

Er schob sich und die Patientin an den unerwarteten Gästen vorbei in die Küche, wo noch weitere Personen saßen. Schweigend geleitete er sie zu einem Stuhl und öffnete das Eisfach, um ihr einen kühlen Umschlag auf den Fuß zu legen.

Alle waren ihnen gefolgt, und nun herrschte abwartendes Schweigen. Matts Erklärung schien nicht ausreichend. Charlotte rieb sich die Schläfen und zwang sich, den Blick vom Eiswickel an ihrem Fuß zu nehmen. Seit Matt ihr das Eis auf den Knöchel gepackt hatte, sah er sie nicht mehr an, sondern musterte nur die Horde in der Küche.

„Was … was macht ihr denn alle hier?", fragte sie noch immer verwirrt und sah von Francis zu Margarete – und weiter zu Chiara Creole, der rothaarigen Designerin, und einer Frau, die sie selbst nicht kannte.

Es war Margarete, die das Wort als Erste ergriff: „Ich versuche, eine Katastrophe zu verhindern! Du kannst die Hochzeitsplanung nicht einfach aufschieben, Charlotte – darum bin ich hier, um die Dinge mit dir abzustimmen – und wir müssen uns um dein Kleid kümmern!" Sie nickte in Chiaras Richtung, die für den Hauch eines Augenblicks ein Lächeln erkennen ließ, ehe sie an ihrer Teetasse nippte.

„Ich … ich dachte, ihr … ich dachte, Francis, du wärst mit deiner wichtigen Immobilie beschäftigt?", versuchte Charlotte sich noch immer einen Reim auf das alles zu machen.

„Und *ich* dachte, du wärst zu Tode betrübt und könntest etwas Aufmunterung brauchen", gab der verstimmt zurück. Sein missgünstiger Blick ruhte auf Matt, während er sprach. „Doch da habe ich mich anscheinend geirrt."

Charlotte sah zwischen den beiden Männern hin und her. Es war offensichtlich, dass sie nicht gerade dabei waren, beste Freunde zu werden.

„Das ist doch Unsinn, Francis! Ich freue mich, dich zu sehen." Sie streifte Matt mit dem Blick und war tatsächlich froh, ihren Verlobten nun bei sich zu haben. Das würde diese ganze komplizierte Sache zwischen Matt und ihr ein für alle Mal lösen. Sie gehörte schließlich zu Francis – und das musste nun ja wohl auch Matt begreifen. „Du ahnst ja nicht, wie mein Knöchel schmerzt! Zum Glück ist Ma…, Mister O´Donnely Rettungssanitäter. Er ist der Sohn von Jack O´Donnely, den du ja inzwischen kennengelernt hast. Er geht seinem Vater hier zur Hand und war mir eine große Hilfe."

Sie hoffte, ihre Rede klinge nicht zu unnatürlich. Sie schenkte allen ihr überzeugendes Lächeln, das augenscheinlich seinen Zweck erfüllte, denn Francis kniff die Lippen zusammen und reichte Matt die Hand.

„Dann muss ich mich wohl oder übel bei Ihnen bedanken." Sein Blick war so kalt, dass Charlotte sich unwillkürlich fragte, ob er ahnte, dass sie sich geküsst hatten. „Ich will doch nur hoffen, dass meine Verlobte nicht noch öfter … Ihrer Aufmerksamkeit bedarf."

Matt lächelte zynisch. Er sah, dass Charlotte aufbegehren wollte. Doch in Anbetracht der Tatsache, dass sie beinahe dabei erwischt worden wäre, wie sie seufzend in seinen Armen lag, schwieg sie wohl doch lieber. Was gerade geschah, war wirklich lächerlich. Dieser feine Fuzzi versuchte durch die Betonung des Wortes *Verlobte* sein Revier zu markieren, aber Matt hatte nicht vor, sich ans Bein pinkeln zu lassen. Er spürte noch zu deutlich Charlys weiche Lippen auf seinen, als dass er kampflos aufgegeben hätte. Nicht bei diesem Kerl! Wenn er daran dachte, was Helen ihm über die Colewells erzählt hatte, hätte er ihm am liebsten seine Faust ins Gesicht gerammt und ihm das geleckte Grinsen ausgetrieben.

Unbeeindruckt vom wichtigen Gehabe seines Gegenübers, steckte er die Hände in die Taschen seiner nassen Jeans und sah Francis abschätzend an.

„Aye, ich verstehe. Aber *wann immer* Miss Finnegan mich braucht, werde ich nicht zögern ...“ Er wusste, der Blick, den er Charlotte zuwarf, war eine Herausforderung, eine Provokation, aber er konnte nicht anders. „... ihr zu geben, wonach sie verlangt.“

Charlottes flammend rote Wangen zeigten ihm, dass zumindest sie verstanden hatte, worauf er hinauswollte. Er tippte sich zum Abschied an die Stirn.

„Und nun sollten Sie Miss Finnegan und mich entschuldigen – wir sollten uns dringend ausziehen.“ Er ließ das kurz als weitere Provokation in der Luft hängen, ehe er sich lächelnd verbesserte. „Ich meine – umziehen. Wir sind doch recht feucht geworden.“

„Kannst du nicht aufhören, so ein mürrisches Gesicht zu ziehen, Francis?“, fragte Charlotte, als er sie in ihr Zimmer gebracht hatte. Ihr Knöchel war geschwollen und tat bei jedem Schritt weh, aber das schien ihn nicht besonders zu kümmern. Für ihn zählte nur, dass Matt ihn vor aller Augen lächerlich gemacht hatte.

„Nein, Charlotte, das kann ich nicht. Vielleicht bist du zu naiv, das zu sehen, aber dieser Kerl hat versucht, dich anzumachen.“

Charlotte verschluckte sich beinahe und hielt sich die Hand vor den Mund, um ihr Keuchen hinter einem gespielten Husten zu verstecken. Angemacht? Matts „Ich will dich" hallte so laut in ihren Gedanken wieder, dass sie fürchtete, Francis könnte es hören. Sie konnte ihm nicht ins Gesicht sehen, also humpelte sie zum Bett und begann die nassen Klamotten auszuziehen.

„Ich denke, du missverstehst seine mürrische Art. Vergiss nicht, er ist ein Schotte, er scheint sehr … derb in seiner Wortwahl. Aber er hat am Haus solide Arbeit geleistet." Sie drehte sich zu ihm um und versuchte das Thema zu wechseln. „Ich bin froh, dass du hier bist. Hast du dir schon einen Eindruck von Silvermoor verschaffen können? Helen hatte wunderbare Pläne, was …"

„Ich will dich nicht enttäuschen, meine Liebe, aber bereits auf den ersten Blick sind massive bauliche Mängel erkennbar. Allein die Lage ist … nun, wir haben beinahe zwei Stunden von Inverness bis hierher gebraucht – das sagt doch schon alles. Ich weiß nicht, was wir damit anfangen sollten. Meiner Meinung nach sollten wir es abstoßen."

„Abstoßen? Das klingt furchtbar. Und ich bin überzeugt, du änderst deine Meinung noch, wenn du erst alles gesehen hast."

„Sei bitte nicht albern, Charlotte. Der einzige Wert, den dieses Anwesen besitzt, ist ein nostalgischer – und das auch nur für dich. Sag mir, wie du dir das vorstellst? Wer soll sich deiner Meinung nach um das Haus kümmern, während wir in London unseren Verpflichtungen nachgehen? Alles wird verwildern und verfallen. Das kann nicht in deinem Interesse sein."

Er kniff angewidert die Augen zusammen, als er Kittles auf dem Bett entdeckte. Mit spitzen Fingern und von sich gestreckten Händen beförderte er sie zur Tür hinaus. „Sind das die Zustände, die hier herrschen? Getier im Haus? Das ist ekelhaft!"

Charlotte unterdrückte ein Zähneknirschen. Sie überging seinen Kommentar zu Kittles, aber auch zum Thema Haus ließ Francis' Tonfall keinerlei Widerworte zu. Er wollte keine Antwort auf seine Fragen, sondern die ganze Sache wieder einmal so hindrehen, als wäre seine Argumentation die einzig logische. Er war kein Mann, der Dinge ausdiskutierte – um dann seine Meinung noch einmal zu ändern. Er war jemand, der Entscheidungen traf.

„Das können wir ja besprechen, wenn wir am Montag bei Mister Harrold waren. Ein Makler - ich glaube, sein Name war Whitaker – hat wohl ein Angebot für das Anwesen abgegeben. Vielleicht solltest du einen Blick darauf werfen", gab sich Charlotte vorerst geschlagen, um eine weitere Meinungsverschiedenheit zu vermeiden.

„Ich kann unmöglich bis Montag bleiben. Ich hätte nicht einmal mitkommen sollen. Ich musste meine Termine verschieben. Aber ich kenne Whitaker, habe früher schon mit ihm zusammengearbeitet. Er ist ein fähiger Mann. Du kannst ihm vertrauen." Er stand vor dem Spiegel und zupfte sich die gegelten Haare zurecht.

„Wirklich? Helen schien ein Problem mit ihm gehabt zu haben."

Francis wandte seinem Spiegelbild den Rücken zu und kam näher. Anscheinend hatte er eben erst bemerkt, dass sie nur noch ihre Unterwäsche trug, denn sein Gesicht nahm einen versöhnlichen Ausdruck an. Er strich ihr über den Bauch und ließ seine Hand hinter ihren Rücken gleiten, um sie an sich zu ziehen.

„Deine Tante war nicht mehr die Jüngste. Du weißt, dass manche Menschen im Alter merkwürdig werden. Whitaker wird dir ein passendes Angebot machen, davon gehe ich aus. Und nun lass uns die Zeit nutzen. Ich muss morgen Abend zurück nach London."

Er öffnete ihren BH, aber noch ehe er die Träger abstreifen konnte, wich Charlotte einen Schritt zurück.

„Francis, ich … ich muss wirklich schnell unter die Dusche. Der Tag war anstrengend, und mir tut jeder Knochen weh."

Sie griff sich das Badetuch und hielt es sich schützend vor die Brust, als sie sich seinem unzufriedenen Blick stellte.

„Dein Tag war anstrengend? Du sahst aus, als hättest du dich in der Gesellschaft dieses Schotten sehr wohl gefühlt! Er darf dich anfassen, aber ich nicht?"

Charlottes Kiefer zuckte, so gerne hätte sie mit den Zähnen geknirscht. „Du meine Güte, Francis! Niemand darf mich anfassen. Was redest du nur? Ich habe mir den Knöchel verletzt. Er hat mir nur geholfen!"

Die Lüge ging ihr leichter über die Lippen, als sie gedacht hatte, aber ihr Ärger über Francis und seine Meinung zu Silvermoor machten sie unempfänglich für seinen Charme – von dem sie im Moment auch nichts erkennen konnte.

Sie ging ins Bad und stieg unter die Dusche, ohne sich noch weiter zu rechtfertigen. Als das heiße Wasser über ihren Körper rann, erkannte sie schlagartig, wie erschöpft sie war. Ihre Muskeln spannten, und das Einschäumen ihrer Haare sandte schmerzhafte Blitze durch ihre Oberarmmuskulatur. Der Dampf beschlug die Duschwand und Francis' mürrisches Gesicht verschwand aus ihrem Sichtfeld. Sie legte den Kopf in den Nacken und ließ sich das Wasser über die Augen laufen. Das fühlte sich gut an, und sie kam etwas zur Ruhe.

Ich will dich!, hallte es in ihrem Kopf wider. Matts Stimme hatte ihr Innerstes berührt. Einen Moment lang gab sie sich der Vorstellung hin, wie es wäre, einen Mann zu lieben, der so … roh und ungeschönt war wie er. Seine Hände waren rau, das wusste sie, weil er sie damit schon berührt hatte.

Seine Lippen ein weicher Gegensatz zu der Stärke, die sein gut gebauter Körper ausstrahlte, und seine Küsse ... eine süße Verlockung. In einem anderen Leben hätte sie es vielleicht genießen können, sich darauf einzulassen, aber in diesem war kein Platz für ihn. Immerhin plante sie ihre Hochzeit mit Francis. Natürlich war auch der nicht perfekt, aber zumindest passte er zu ihr. Er war die Konstante in ihrem Leben, und sie brauchte ihn. Nach dem Tod ihrer Eltern war er für sie da gewesen. Er hatte ihr geholfen weiterzumachen. Und dafür liebte sie ihn.

Sie stellte das Wasser ab und wickelte sich in das Handtuch. Francis war gegangen, und irgendwie war sie froh darüber, denn schon seine schwarze Reisetasche auf dem Bett wirkte erdrückend. Sicher war das nur die Anspannung vor der Hochzeit, die sie alles plötzlich aus so fremden Blickwinkeln betrachten ließ. Es war nur eine Tasche auf einem Bett. Keine Inbesitznahme, keine Übernahme und kein Versuch, sie zu kontrollieren!

Entschlossen, ihr inneres Gleichgewicht wiederzufinden, schlüpfte sie in ein apfelgrünes Kostüm und die hellen Pumps, obwohl ihr Knöchel bei jedem Schritt zu brechen drohte. Sie drehte ihre Haare zu einem strengen Knoten am Hinterkopf zusammen und machte sich auf den Weg in die Küche. Margarete hatte garantiert tausend Dinge zu besprechen.

Die nächsten Stunden verbrachten Charlotte, Margarete, Chiara und die unbekannte Frau, die sich als Schneiderin entpuppte, bei Tee und Gebäck über unzähligen Katalogen. Margarete hatte Bilder von verschiedenen Blütenarrangements mitgebracht, die - jedes auf seine eigene Art - vollkommen waren. Wie sollte man sich da entscheiden? In unregelmäßigen Abständen kam Francis dazu, schien aber schnell gelangweilt, wenn es darum ging, ob die Stühle für die Zeremonie aus gedrechseltem Holz sein sollten oder doch lieber aus verschnörkeltem Schmiedeeisen.

Charlotte rieb sich die Schläfen und versuchte das Pochen in ihrem Knöchel zu verdrängen, denn sie wusste, Margarete verlangte ihre volle Aufmerksamkeit. Schließlich, als sie es kaum noch aushielt, kam Matt in die Küche, und sie wäre beinahe jubelnd aufgesprungen. Er musste sie retten! Und tatsächlich schien er ihre Not zu erkennen. Er verneigte sich leicht vor den Damen und wandte sich erst nach einem höflichen Plausch über das Wetter mit Margaret an sie.

„Darf ich fragen, wie es Ihrem Fuß geht, Miss Finnegan?", fragte er – die Höflichkeit in Person. Und Charlotte hätte ihm den Gentleman auch abgenommen, wäre ihr nicht klar gewesen, was das freche Funkeln in seinen Augen bedeutete. Er wollte sie herausfordern! Sein Schmunzeln war verführerisch, aber er würde doch sicher, nun wo die Familie ihres Verlobten hier war, keine weiteren Versuche unternehmen, sich ihr zu nähern? Mit vor Aufregung hämmerndem Herzen begegnete sie seinem Blick.

„Ich fürchte, ich habe mir wirklich etwas getan. Er ist ziemlich geschwollen, und …"

Matt runzelte die Stirn und wandte sich wiederum an Margarete. „Es wäre sehr bedauerlich, wenn sich die Verletzung verschlimmert, nur weil sich niemand darum kümmert, aye? Eine humpelnde Braut – eine schreckliche Vorstellung."

Margarete wurde beängstigend blass. Sie sah Charlotte an und dann wieder Matt. „Und Sie können das verhindern?"

„Aye, ich kann es versuchen."

Charlotte biss sich auf die Lippe, um nicht zu lachen. Matt blickte so ernst drein, als überbrächte er die Nachricht, dass sie nur noch einen Tag zu leben haben würde.

Ihre Schwiegermutter sprang voll darauf an. „Dann tun

Sie das! Tun Sie, was nötig ist."

„Miss Finnegan, Sie haben es gehört. Darf ich mir Ihren Knöchel noch einmal ansehen?"

Charlotte nickte, denn erstens tat ihr Fuß tatsächlich weh, und zweitens hätte sie eine Ablehnung erklären müssen – und das wollte sie in jedem Fall vermeiden. „Gerne. Danke."

Matt kniete sich vor ihrem Stuhl auf den Boden und sah sie von unten herauf an. Er sah sie an, als wären sie allein. „Ich verbiete Ihnen, in den nächsten Tagen solche Schuhe zu tragen", fing er an und streifte ihr behutsam die Pumps von den Füßen. Dann nahm er ihre Wade in die Hand und fuhr sacht mit den Fingern bis zu ihrem Knöchel nach unten. Dabei sah er ihr die ganze Zeit direkt in die Augen.

Charlotte schnappte nach Luft, als er ihre Fußsohle mit dem Daumen berührte.

„Tut das weh?", fragte er, und seine Augen funkelten. Alle Blicke waren auf sie gerichtet, und doch hielt ihn niemand davon ab, ihre Wade zärtlich mit seinen Fingern zu liebkosen.

Charlotte wimmerte leise, und Matts Mundwinkel zuckten amüsiert. Er schien großen Spaß zu haben. Er holte eine Bandage hervor und umwickelte ihr Gelenk. Seine Finger waren geschickt, und er schien sehr routiniert. Zufrieden mit seinem Werk befestigte er das lose Ende mit einer Klammer und stellte ihren Fuß vorsichtig ab.

„Der Muskelapparat ist ein äußerst komplexes Gebilde", erklärte er an Margarete gewandt und ließ seine Hand unverschämt weit an Charlottes Oberschenkel hinaufwandern. „Eine Verletzung im Fußgelenk hat oft eine durch Schonhaltung verkrampfte Oberschenkelmuskulatur zur Folge." Er umfasste ihren Oberschenkel und massierte ihn mit kreisenden Bewegungen. „Tut das gut?", fragte er, und Charlotte glaubte, unter seinem Blick zu sterben. Sie wusste, dass mit ihrem Oberschenkel alles in Ordnung war. Und sie wusste, dass auch Matt das wusste. Er wollte sie prüfen. Wollte sehen, was er sich herausnehmen konnte, ohne …

Sie stöhnte, als seine Finger immer höher wanderten. Ihr Rock mochte das vor Margaretes Augen verbergen, aber wie sollte sie ihn aufhalten?

„Tut es weh?", fragte Margarete besorgt, als Charlotte vor der Berührung zurückzuckte.

„Ja!", rief sie und packte Matts Hände, um ihn aufzuhalten, aber er lächelte nur siegessicher.

„Wenn es schmerzt, dann habe ich den Punkt gefunden, wo der Muskel verkrampft ist. Keine Sorge, ich habe magische Hände", erklärte er und setzte seine Streicheleinheiten unter Margaretes befürwortendem Lächeln fort. Mit einem Zwinkern ließ er seine Finger noch ein Stück weiter unter ihren Rock wandern, und Charlotte schnappte nach Luft. Es war unerhört frech, was er tat. Noch ein wenig höher, und er würde ihren Slip berühren.

„Spüren Sie, wie sich die Wärme ausbreitet? Sagen Sie, wenn ich Ihnen Linderung verschafft habe, Miss Finnegan."

Margarete lächelte, und Charlotte hätte ihr am liebsten an den Kopf geworfen, dass sie blind wie ein Maulwurf sein musste, wenn sie nicht erkannte, was hier geschah!

Zu allem Überfluss kam nun auch noch Francis in die Küche. Und Francis war nicht blind!

„Was geht hier vor? Warum hat dieser Kerl schon wieder seine Drecksfinger an meiner Verlobten?", verlangte er schroff zu erfahren und durchquerte den Raum mit drei schnellen Schritten. Ehe er Matt am Kragen packen konnte, ließ der Charlotte los und trat ein gutes Stück zurück.

„Aber, Francis!", mischte sich Margarete ein. „Er will Charlotte doch nur helfen!"

Matt hob entschuldigend die Hände. „Das stimmt. Alles, was ich will, ist Miss Finnegan *Linderung* zu verschaffen."

Charlotte versuchte ihre glühenden Wangen zu verbergen, indem sie ihren Rock glatt strich und ihre Nase dann tief über eines von Margaretes Prospekten über Serviettenringe beugte. „Meinem Fuß geht es schon viel besser. Ich denke nicht, dass eine weitere Behandlung nötig sein wird", murmelte sie, ohne einen der beiden anzusehen.

„Falls Sie es sich anders überlegen sollten … ich stehe Tag und Nacht zur Verfügung."

„Das wird sie nicht!", bestätigte Francis und stieß Matt an der Schulter.

„Sie müssen es ja wissen. Schließlich sind Sie ja, was man so hört, immer an ihrer Seite, wenn es ihr schlecht geht, nicht wahr, Mister Colewell?"

„Halten Sie bloß die Klappe, O´Donnely!", warnte Francis in einem Ton, den Charlotte noch nie an ihm gehört hatte.

Kapitel 13

Nach einer unruhigen Nacht erwachte Charlotte vollkommen erschlagen. Sie hatte sich nach dem Malheur in der Küche mit Francis gestritten, und wenn sie ehrlich zu sich selbst war, konnte sie ihm nicht einmal einen Vorwurf machen. Denn selbst während ihres Streits hatte sie doch nur an Matt und seine ungehörigen Berührungen denken können. Und als Francis ihr schließlich wütend den Rücken zugekehrt hatte, war es kein bisschen besser geworden. Ganz im Gegenteil. Sie hatte sich herumgewälzt, weil sie sich Linderung und Erleichterung durch Matts magische Hände wünschte. Weil sie entgegen aller Vernunft tatsächlich spürte, wie sich die Wärme in ihr ausbreitete, wann immer sie an ihn dachte.

Nun beobachtete sie ihren Verlobten beim Schlafen und erkannte, was für ein furchtbarer Mensch sie war! Um bei ihr zu sein, hatte er seine wichtigen Termine verschoben und sicherlich ein Vermögen ausgegeben, um die einzigartige Chiara Creole mitsamt ihrer Schneiderin nach Schottland zu schaffen. Francis war wundervoll, und es war an der Zeit, ihm das auch zu zeigen. Sie würde heute keinen Gedanken mehr an Matt O´Donnely verschwenden, sondern sich nur noch auf ihre Verlobungsfeier und ihre Hochzeit konzentrieren.

Das traf sich gut, denn schon für den Vormittag hatte Margarete eine Anprobe des ersten Entwurfs ihres Brautkleides geplant.

So quälte sie sich zermürbt von der unruhigen Nacht in

die Küche und stellte sich den Herausforderungen des Tages. Für die Anprobe schlug sie das Atelier vor, da dort die besten Lichtverhältnisse herrschten. Und so bat sie wenig später Margarete und Chiara mit der Näherin im Schlepptau einzutreten. Sie öffnete ein Fenster, um den Geruch der Farbe hinauszulassen. Nach dem Schauer vom Vorabend war nun der Himmel klar, und der Wind trug den Duft der Berge mit sich. Das Kreischen der hier vielerorts nistenden Vögel war zu hören.

Das war Schottland, wie sie es liebte. Sie schloss die Augen und atmete dieses Gefühl von Vollkommenheit ein, als könnte sie es so in sich aufnehmen.

Ihr Knöchel schmerzte noch immer, als Chiara ihr das Kleid zur Anprobe über den Kopf stürzte und sie bat, sich ein wenig zu drehen, damit sie die Haken im Rücken schließen konnte. Nervös hielt Charlotte die Luft an, als sie über die perlweiße Seide strich. Wie eine Glocke schwang der Rock bei jedem Schritt um ihre Füße, und das Oberteil schmiegte sich wie eine zweite Haut an ihre Brüste. Die Perlen am Saum schimmerten edel im Licht. Probeweise atmete sie ein und wieder aus, aber anstatt der Freude, die sie erwartet hatte, empfand sie eine erdrückende Beklemmung. Sie wollte etwas sagen, wusste aber nicht, was es war, das sie so störte. Vielleicht war es nur die Aufregung, denn Margarete sah begeistert aus.

Um Beherrschung ringend wandte sie sich an Chiara, die noch etwas unschlüssig ihre roten Lippen zusammenpresste. Sie machte sich am Rücken des Kleides zu schaffen und drapierte eine mächtige weiße Stoffbahn über Charlottes Gesäß.

„Hier möchte ich noch etwas aufbauen", erklärte sie und steckte mit Nadeln den Stoff so fest, wie sie es sich vorstellte. Charlotte hielt so still, wie es ihr fliegender Herzschlag zuließ.

„Drehen Sie sich nach rechts", dirigierte Chiara sie, sodass Charlottes Blick auf das Bild fiel, das nur schlecht verborgen an Helens Staffelei lehnte. Das Porträt von Matt.

Ihr wurde heiß vor Schreck, und sie versuchte, sich ihre Aufregung nicht anmerken zu lassen.

Sie musste das Bild fortschaffen! Sofort! Nur, wie sollte sie das anstellen? Sie war gefangen in einer Tonne Tüll und Seide! Chiara zupfte an den Haken in ihrem Rücken und steckte das Kleid mit den Nadeln noch etwas enger, bis sie den Eindruck hatte zu ersticken.

„Ich … es ist sehr eng", versuchte sie die Schneiderin abzuhalten, noch mehr Nadeln in den Stoff zu stecken. „Vielleicht, sollten wir … es etwas lockerer machen?"

„Natürlich nicht!", mischte sich Margarete ein. „Ich hoffe doch, dass du bis zum großen Tag noch an deinen Speckröllchen arbeitest. Ich habe Dan bereits angewiesen, sich mehr auf deine Problemzonen zu konzentrieren."

Charlotte konnte es nicht fassen. *Problemzonen*? Sie sah an sich hinab, auf ihre Taille, die Matt mit seinen Händen hätte umfassen können! Matt? Sie meinte natürlich Francis! Francis!, wiederholte sie im Geiste und fragte sich sogleich, ob das stimmte. Matts Hände waren auf jeden Fall größer als Francis'. Sie schüttelte den Kopf, um diese unsinnige Überlegung zu beenden. Ihr brach der Schweiß aus, und sie versuchte vergeblich, den Ausschnitt über ihrer Brust etwas zu weiten.

„Was wird denn das?", rief Chiara und klopfte ihr mit den knallrot manikürten Fingern wie einem Kind auf die Hände. „Stehen Sie still, oder Sie werden an Ihrem Hochzeitstag wie eine Vogelscheuche herumlaufen!"

„Ich … ich muss sofort das Kleid ausziehen!", wehrte sich Charlotte und stieg vom Schemel, auf dem sie stand, damit der Saum besser abgesteckt werden konnte.

„Nicht! Sie treten ja auf den Reifrock!", kreischte Chiara.
Margarete sprang von ihrem Stuhl auf, um sie aufzuhalten.

„Bitte, ich … mir wird übel, ich …"

Der Stoff unter ihren Händen schien sich in ihre Haut einzubrennen. Jeder einzelne winzige Verschluss in ihrem Rücken bohrte sich in ihre Wirbelsäule, um sie zu einer noch aufrechteren Haltung zu zwingen oder ihr den Atem zu nehmen, bis sie sich in die steifen Konventionen der High Society fügen würde.

Im nächsten Moment begann sich der Raum um Charlotte zu drehen, und gnädige Dunkelheit verschluckte sie.

Mit einem breiten Grinsen im Gesicht schob sich Matt an Francis vorbei, dem hektischen Gebrüll von Margarete Colewell folgend. Er war zwar kein Arzt, aber die beste Alternative, die in Reichweite war, und so blieb Francis keine Wahl, als ihn vorbeizulassen – denn offensichtlich ging es Charlotte nicht gut. Er hörte noch dessen Einwände, aber Margarete hatte ihren Standpunkt klargemacht: Der Bräutigam durfte das Brautkleid nicht vor der Hochzeit sehen, und somit musste Francis vor der Tür warten.

Das war etwas, was Matt durchaus gelegen kam. Er näherte sich dem weißen Knäuel auf dem Boden, von dem er nicht viel sah, da sich die Schneiderin, die rothaarige Designerin und Margarete darüber beugten.

Als er Charlotte erreichte, erstarrte er. Er hatte nicht erwartet, dass ihn ihr Anblick in einem Brautkleid so erschüttern würde. Sie sah wunderschön aus. Verletzlich und zart, ganz anders, als er sie kannte. Und doch schien das voluminöse Kleid sie zu erdrücken. Ihre helle Haut schimmerte blass unter dem Stoff, und die Ringe unter ihren

Augen weckten seinen Beschützerinstinkt. Besorgt kniete er sich neben sie und fühlte ihren Puls. Sein eigener raste und er hatte Mühe, ihren schwachen darunter zu erspüren. Die rote Mähne der Designerin schob sich ihm in den Weg, als sie einen der Haken am Rücken von Charlottes Kleid öffnete.

„Sie wird es ruinieren", stöhnte sie verzweifelt.

Matt drückte sie energisch beiseite und baute sich drohend vor ihr auf. „Wenn Sie nicht möchten, dass sie sich auf ihr kostbares Kleid erbricht, sollten Sie jetzt besser Platz machen", wies er sie an und wandte sich an Margarete. „Sie ist ohnmächtig, aber es besteht kein Grund zur Sorge. Ich werde ihre Beine hochlegen und den Kreislauf stabilisieren. Das Wichtigste ist aber vorerst Ruhe."

Margarete nickte und sah ehrlich besorgt auf das Kleid. „Natürlich. Ich hoffe, sie kommt schnell wieder auf die Beine – das Kleid näht sich ja nicht von selbst!"

Matt verkniff sich einen Kommentar und war froh, als die Designerin ihre Stoffbahnen zusammenraffte und mit ihrer Näherin den Raum verließ.

„Eine Tasse Tee würde sicher helfen", murmelte Matt, und Margarete nickte.

„Sicher. Ich kümmere mich darum. Ich bin gleich zurück", versicherte sie und eilte hinaus.

Matt wartete, bis sich die Tür hinter ihr geschlossen hatte, ehe er Charlottes Hände drückte. „Du kannst deine Augen jetzt aufmachen. Sie sind weg", flüsterte er.

Charlotte fühlte ihren schnellen Herzschlag, der gegen das enge Mieder anzukämpfen schien. Matts Daumen strich liebevoll über ihren Handrücken, und er lächelte, als sie die

Augen öffnete.

„Woher weißt du …"

„… dass du die Ohnmacht nur vorgetäuscht hast? Ich bin Profi, aye?"

Charlotte stützte sich auf die Ellbogen und schüttelte den Kopf. „Ich habe das nicht vorgetäuscht. Nur beschlossen, nicht gleich die Augen zu öffnen, nachdem ich wieder zu mir gekommen war."

„Warum? Was ist denn los mit dir? Fehlt dir etwas? Gefällt dir vielleicht eine der Perlen an deinem Saum nicht, Prinzessin?"

Charlotte lachte bitter. Sie spürte, dass Matt versuchte, sie mit seinem Spott zu treffen, aber die Sorge in seiner Stimme konnte er dabei dennoch nicht verbergen. *Ob ihr etwas fehlte?* Das war wirklich eine gute Frage. Eigentlich hatte sie alles, was sich eine Frau nur wünschen konnte. Und doch ließ sich das Gefühl nicht vertreiben, eine herausgerissene Blume zu sein, deren Wurzeln keinen Halt mehr fanden und die nicht wusste, ob sie dort, wo man sie wieder einpflanzen würde, überleben konnte.

„Für den Anfang fehlt mir Sauerstoff", gab sie zurück und zerrte an dem perlenbestickten Saum herum.

„Warte. Ich helfe dir. Nicht, dass Chiara einen Anfall bekommt, weil du eine Falte in den Stoff machst."

Geschickt öffnete er die Häkchen in ihrem Rücken. Dabei streiften seine Hände ihre Haut, und Charlottes Puls beschleunigte sich. Ihr wurde bewusst, dass sie und Matt wieder einmal allein waren. Allein nach all dem, was zwischen ihnen vorgefallen war.

„Du musst aufhören, mich zu verwirren", flüsterte sie und sah den Schotten dabei unsicher an. Sie gab den Versuch auf, sich aufzusetzen, denn das Kleid war einfach viel zu eng. Sie würde darin nur stehen oder liegen können. Sitzen wäre ein

Ding der Unmöglichkeit. „Ich werde heiraten", fügte sie hinzu, als müsste sie sich das selbst in Erinnerung rufen.

Matts Blick glitt über ihr Gesicht, ihr Kleid, bis zu ihren zitternden Händen, die er gerade noch beruhigend gehalten hatte.

„Aye, aber nur weil das so ist, muss es mir noch lange nicht gefallen. Und fragst du dich nicht, warum ich dich so verwirre, wo doch dein Weg längst feststeht?"

Charlotte hob in einer verzweifelten Geste die Hände. „Du hast kein Recht, zu sagen, dass du mich willst, Matt. Du hast kein Recht, dich mir zu nähern, wie du es gestern getan hast! Francis ist ein guter Mann. Ich will deinetwegen keinen Streit mit ihm. Er war immer für mich da, als meine Eltern starben."

Matts Blick wurde hart. Er ließ ihre Hand los und erhob sich. „Davon habe ich gehört. Ich wünsche euch viel Glück – ihr werdet es brauchen. Und als ich sagte, ich will dich – habe ich nicht nachgedacht. Es war ein Fehler. Kommt nicht wieder vor."

Charlotte sah ihm nach, wie er mit wenigen Schritten die Tür erreichte und ging. Sie wischte sich eine Träne aus dem Augenwinkel und schalt sich eine Närrin, weil sie sich so schlecht fühlte. Was sie gesagt hatte, war richtig gewesen! Und wichtig! Er musste wissen, wie die Dinge standen – und sie ebenfalls. Ihr Weg lag nun klar vor ihr, und dieses schottische Gefühlswirrwarr würde schon bald vergessen sein. Noch ein Tag, dann würde sie nach London zurückfahren.

Unschlüssig, was sie nun tun sollte, kämpfte sie sich vom Boden hoch und raffte den viel zu ausladenden Rock zusammen. Chiara würde ausflippen, wenn sie das Kleid beschmutzen würde, aber es gab etwas, das sie tun musste. Sie nahm das große Tuch, mit dem Helens Bild abgedeckt gewesen war, und warf es über das Porträt des Mannes, den sie soeben zum Teufel gejagt hatte. Ihre Lippen kribbelten, als sie einen letzten Blick auf den geschwungenen Mund warf, den sie auf die Leinwand gebannt hatte. Dann steckte sie das Tuch fest und schob das Gemälde zwischen die leeren Keilrahmen.

Da nun die Gefahr einer Entdeckung gebannt war und sie wieder den richtigen Weg eingeschlagen hatte, wollte sie Chiara finden und das Kleid fertigstellen. Sie würde ihr sagen, dass der Rock sie erschlug und sie gerne überall etwas weniger Tüll hätte. Es war ihr Brautkleid – und ihr großer Tag. Es wurde Zeit, dass es sich auch danach anfühlte. Entschlossen verließ sie das Atelier und stieg die Stufen hinab.

Matt verspürte den übermächtigen Drang, die Tür des Ateliers hinter sich zuzuknallen, aber diese Genugtuung wollte er Charlotte nicht geben. Er nahm mehrere Stufen auf einmal, bis Francis ihm in den Weg trat.

„Du!", rief dieser wütend und hob die Fäuste. „Ich warne dich, du Drecksack! Lass in Zukunft gefälligst deine schmierigen Finger von meiner Verlobten!"

Matt war erstaunt, wie wenig in diesem Moment von dem kühlen Londoner Snob übrig war. „Was wollen Sie, Colewell? Läuft mal etwas nicht so, wie Sie es sich vorstellen? Stelle ich etwa eine Bedrohung für Sie dar?"

„Du bist keine Bedrohung für mich! Bauern wie dich ..."

„Aye, ich verstehe. Ich bin nicht gut genug für Frauen wie Charlotte – ist es das, was Sie sagen wollen?"

„Charlotte!?", brüllte Francis und knöpfte die Ärmel seines Hemdes auf, als wollte er sich mit Matt schlagen. „Du

Drecksack nennst sie gefälligst Miss Finnegan! Und du siehst das richtig! Sie ist zu gut für dich. Halt dich einfach weiterhin an deine Schafe!"

„Aber du bist gut genug für sie, aye? Dann erklär mir doch mal, warum sie keine Ahnung hat, wer Clive Whitaker ist!"

Francis holte zum Schlag aus, aber Matt sprang rückwärts die Stufen hinauf und wich dem impulsiven Haken aus.

„Halt bloß dein Maul – Arschloch! Das geht dich einen feuchten Dreck an!"

„Stimmt, mich geht das nichts an – aber sie. Charlotte sollte es wissen!"

„Für dich immer noch Miss Finnegan!", keuchte Francis, und schon packten sie sich an den Armen und schlugen aufeinander ein. Matt duckte sich unter Francis' zweitem Hieb hindurch und trat ihm gegen das Schienbein. Mit einem zornigen Schrei ging Francis zu Boden, jedoch nicht ohne seine Faust in Matts Magen zu rammen.

Über das Gerangel hinweg vernahm Matt Charlottes entsetzten Schrei.

„Du meine Güte! Habt ihr den Verstand verloren? Was treibt ihr denn da?" Sie hielt sich die Hand vor den Mund und starrte sie mit riesigen Augen an. Entsetzt schüttelte sie den Kopf, ihr Brautkleid wogte unter ihren hektischen Atemzügen. „Francis, … was?"

Ihr Verlobter wischte sich das Blut aus dem Mundwinkel und hielt sich die Rippen, schwieg aber, während Matt sich spöttisch vor Charlotte verneigte und auf ihr Kleid deutete.

„Wenn das mal kein Unglück bringt!", warnte er ironisch und drängte sich an Francis vorbei die Treppe hinunter.

Kapitel 14

Den Kopf in die Hände gestützt, die dampfende Tasse Tee vor sich ignorierend, saß Charlotte am Abend in der Küche. Francis war wutentbrannt abgereist und hatte Margarete, Chiara und die Schneiderin mitsamt dem riesigen Stoffberg, der ihr Kleid werden würde, mitgenommen.

Die Stimmung zwischen ihnen war angespannt gewesen. Ihr waren einfach keine Worte der Entschuldigung über die Lippen gekommen. Sie hatte ja schließlich nichts getan! Francis hatte sich mit Matt prügeln wollen – dann musste er jetzt eben mit der blutigen Augenbraue leben. So ein animalisches Verhalten hatte Francis noch nie an den Tag gelegt, aber insgeheim machte sie seine Eifersucht ein ganz klein wenig glücklich. Er war kein Mann großer Gefühle, und von Liebe sprach er nur zu besonderen Anlässen. Seine heutige Reaktion sah aber doch ganz danach aus, als würde sie ihm etwas bedeuten. Warum hatte sie nur daran gezweifelt?

Sie ließ die Arme sinken und nahm einen Schluck des inzwischen kalten Tees, als Jack hereinkam. Er sah blass aus, und sein graues Haar wirkte stumpf.

„Darf ich?", fragte er, ehe er sich auf einen Stuhl setzte.

„Natürlich. Wie geht es Ihnen heute?", fragte Charlotte und versuchte abzuschätzen, ob er sich auf dem Weg der Besserung befand.

„Mach dir keine Gedanken um einen alten Mann, Kindchen. Der Husten, der mich plagt, lässt langsam nach."

„Das ist gut. Möchten Sie einen Tee?"

„Wenn es dir recht ist, dass ich für eine Tasse bei dir sitze?"

„Natürlich, Jack!"

Sie stand auf und nahm eine Tasse aus dem Schrank. Ähnlich wie bei seinem Sohn wirkte das feine Porzellan in seinen Händen wie Spielzeug. Sie goss ihm aus der Kanne ein und füllte auch ihre Tasse noch einmal auf.

„Du hast hier ein ganz schönes Durcheinander angerichtet", begann Jack das Gespräch. Es klang kein Vorwurf in seiner Stimme mit – vielmehr glaubte Charlotte, ein unterdrücktes Lachen herauszuhören.

„Ich? Dein Sohn hat dieses Chaos verursacht. Er ... er ist ..."

„Ein Idiot", beendete Jack den Satz mit ihren Worten vom Vortag. „Das konnte ich hören. Aber du musst ihm vergeben, er ... hat kein Glück mit den Frauen und schießt leicht übers Ziel hinaus."

„Vermutlich hat er deshalb kein Glück!", gab sie trocken zurück, schmunzelte aber.

„Könnte sein", gab der alte Hausverwalter zu. „Aber Matt hat ein gutes Herz – das er der falschen Frau geöffnet hat. Seitdem ist er ..."

Jack sprach nicht weiter, als wollte er das Gefühlsleben seines Sohnes nicht offenlegen. Er nippte an seinem Tee und sah aus dem Fenster. „Morgen scheint die Sonne – das spüre ich in den Knochen", wechselte er das Thema, aber Charlotte ging nicht darauf ein. Das zerfurchte Gesicht des Mannes vor ihr war Matt sehr ähnlich. Und doch hatte der Alte nicht diesen bitteren Zug um den Mund und die Härte im Blick wie sein Sohn. Sie wollte erfahren, was Matt so zynisch gemacht hatte.

„Erzähl mir von ihr", bat sie und fasste nach Jacks Hand.

Er sah sie an – forschend, aber schließlich nickte er. „Ich

weiß nicht viel, Kindchen, nicht viel. Er spricht kaum noch über sie. Ihr Name war Beth. Sie und Matt waren recht lange ein Paar. Das Mädel hat in Inverness eine Ausbildung gemacht, als Matt dort als Sanitäter anfing. Sie war hübsch und ein einfaches Mädchen. Sie liebte die Highlands, aber irgendwann zog es sie nach Edinburgh. Sie flehte Matt an, in die Stadt zu ziehen. Gab ihr ganzes Geld für unsinnige Kleider aus, die sie hier niemals würde tragen können. Sie wollte in den teuersten Lokalen speisen und sprach ständig davon, weite Reisen zu machen. Matt verlor den Draht zu ihr. Sie stritten oft, weil er nicht genug Geld verdienen konnte, um all ihre Wünsche zu erfüllen. Er kam zu mir und sagte, dass er vorhabe, eine Wohnung in Edinburgh zu kaufen, sobald er dort eine Stelle bekäme."

Jack sah Charlotte an und schüttelte den Kopf. „Er war so dumm. Hat alles aufgegeben …"

Als er schwieg, rückte Charlotte ihren Stuhl zurecht und hakte nach. „Was ist dann passiert?"

„Matt hatte Nachtschicht, als er über Funk Nachricht von einem Autounfall erhielt, bei dem es mehrere Verletzte gab. Mit seinem Kollegen fuhr er sofort los. Ein Fahrzeug war in ein am Straßenrand geparktes Auto gekracht. Es war Beth. Leicht bekleidet lag sie auf dem Rücksitz auf einem schwer verwundeten Mann."

„Du meine Güte!"

Jack nickte. „Es war ein piekfeiner Kerl mit ordentlich Schotter. Ihre Affäre lief schon eine ganze Weile, aber das wusste Matt ja damals nicht. Er war so schockiert, seine Beth in dieser Lage vorzufinden, dass er ausflippte. Obwohl beide verletzt waren, lief er einfach davon. Er hat seinen Job verloren, und der Typ hat ihn auch noch wegen unterlassener Hilfeleistung verklagt."

„Das ist ja schrecklich! Wenn ich das gewusst hätte …"

Jack lachte. „Kindchen, wir sind die Summe unserer Erfahrungen. Wie wir uns verhalten, hängt doch immer mit dem zusammen, was das Leben aus uns gemacht hat. Aber es rechtfertigt dennoch nicht jede Tat. Was hätte es geändert, wenn du davon gewusst hättest?"

Charlotte überlegte. „Ich weiß es nicht, aber ich … hätte besser verstanden, was in ihm vorgeht. Ich war nicht sehr freundlich bei unserem letzten Gespräch. Dabei habe ich tausend Fragen. Ich würde zum Beispiel gerne wissen, warum er so schroff zu Mister Whitaker war oder worüber er mit Francis gestritten hat."

„Frag ihn."

Charlotte sah Hilfe suchend zur Decke. „Als würde er mir antworten. Wo ist er überhaupt?"

Jack zuckte mit den Schultern. „Abgehauen. Ich schätze, er ist in mein Haus gefahren, aber vielleicht ist er auch nur bis zum nächsten Pub gekommen."

Müde schluckte sie die Enttäuschung hinunter, stand auf und schob ihren Stuhl zurück. Sie gähnte und räumte ihre Tasse in die Spüle.

„Vielleicht ist es besser so", murmelte sie und wünschte Jack eine gute Nacht.

Am nächsten Morgen packte sie bereits nach dem Aufstehen ihren Koffer. Sie würde nach dem Termin bei Mister Harrold direkt weiter nach London fahren. Es war an der Zeit, wieder vernünftig zu sein. Schottland war immer für eine Reise gut, aber Francis hatte recht. Sie lebten nun einmal in London. Und dort warteten unzählige Verpflichtungen auf sie, denen sie nicht länger aus dem Weg gehen konnte. Die Beschäftigung würde ihr guttun. So ließen sich die schmerzhaften Dinge, denen sie hier in den letzten Tagen begegnet war, leichter vergessen. Helens Tod würde sich in

London bestimmt nur halb so schlimm anfühlen. Charlotte strich liebevoll über die bunten Glasflakons auf dem Waschtisch. Ihre Tante war fort. So, wie der Duft aus vielen dieser Fläschchen längst verschwunden war. Nun lag es an ihr, vernünftig mit Helens Nachlass umzugehen. Und das würde sie tun.

Sie griff nach den geringelten Wollsocken, aber ehe sie diese in den Koffer warf, hielt sie inne. Sie sollte sich davon trennen. Sie gehörte jetzt zu Francis, und an seiner Seite würde sie den Trost von einem Paar Socken nicht nötig haben. Sie war eine erwachsene Frau, und er würde verlangen, dass sie sich ihren Problemen mit Verstand und Logik stellte und keine Schwäche zeigte. So machten Colewells das schließlich.

Sie ließ die Socken auf den Schminktisch fallen und schloss den Koffer.

„Damit hätten wir die wesentlichen Dinge geklärt, Miss Finnegan", erläuterte der schmächtige Anwalt und rückte die Blätter vor sich gerade, ehe er ihr lächelnd ins Gesicht sah. Charlotte erkannte in seinem Lächeln ein Abbild ihres eigenen einstudierten Gesichtsausdrucks und nickte knapp. Sie machte ihm keinen Vorwurf, schließlich war sie nichts weiter für ihn als Business.

„Danke, dass Sie sich um alles gekümmert haben. Helen wäre sehr glücklich, weil alles so reibungslos abgelaufen ist."

Andrew Harrold sah auf seine Uhr, die etwas zu groß für sein dürres Handgelenk aussah, und nickte zufrieden.

„Gut, dann können wir ja jetzt den Makler, Mister Whitaker, hereinbitten. Er möchte das Angebot für Silvermoor mit Ihnen besprechen. Ich werde Sie beide allein lassen. Falls Sie Fragen haben sollten, ich bin nebenan."

Der Immobilienmakler kam herein und schüttelte Harrold

die Hand, was grotesk wirkte. Der stämmige Whitaker sah aus, als würde er dem zerbrechlichen Anwalt die labbrige Froschhand aus dem Hemdsärmel reißen. Dann wandte er sich an Charlotte. Er sah gehetzt aus, und seine Schweinsäuglein hefteten sich unangenehm drängend auf sie.

„Miss Finnegan. Ich hoffe, Sie haben über mein Angebot nachgedacht, und es nicht sofort abgelehnt wegen dieser … unglücklichen Sache."

Harrold schloss die Tür, und Whitaker setzte sich, nachdem er sich die roten Haare mit einem Kamm noch einmal zum Seitenscheitel gekämmt hatte. Charlotte war verwirrt. Meinte er die Begegnung bei Helens Trauerfeier?

„Mister Whitaker, ich …", setzte sie an, ihn zu fragen worauf er hinauswollte, als er schon verteidigend die Hände hob.

„Nein, nein, bitte lassen Sie mich erklären. Ich kann mir vorstellen, dass Mister O´Donnely die Geschichte vollkommen falsch dargestellt hat." Er machte eine bedeutungsvolle Pause, und Charlotte beschloss, abzuwarten, was er sagen würde. Offensichtlich war sie über irgendetwas nicht im Bilde. Sie strich sich über den strengen Dutt und sah ihn direkt an.

„Ich war nicht der Fahrer, und egal was ihre Tante oder diese O´Donnelys behaupten, das Gericht gab mir recht! Ich bin schließlich nicht gefahren! Und seien Sie mal ehrlich …" Er sah sie Verständnis heischend an. „Haben Sie nicht auch schon Dinge unter Alkoholeinfluss getan, die sie bereuen?"

Charlotte bekam eine Gänsehaut. Whitaker beugte sich viel zu nah zu ihr herüber. Und obwohl sie keine Ahnung hatte, wovon er sprach, wusste sie, dass es entscheidend war. „Mister Whitaker", setzte sie noch einmal an und rückte ein Stück von ihm ab. Seine Nähe war ihr mehr als nur unangenehm.

„Natürlich", unterbrach er sie wieder, „bedauere ich den Verlust Ihrer Eltern – das muss schrecklich für Sie gewesen sein –, aber wie gesagt, die Vorwürfe sind abgewiesen worden. Man könnte sagen ... aus der Luft gegriffen! Darum sollte nichts, was damals geschah, unsere Geschäfte von heute beeinflussen."

Charlotte spürte, wie ihr das Blut aus dem Gesicht wich. Kalter Schweiß brach ihr am Rücken aus, und sie bemerkte, dass ihre Lippe zitterte. Als sie sich erhob, kam sie sich vor, als stünde sie außerhalb ihres Körpers. Vor ihrem inneren Auge zogen Bilder vorüber, die sie mit aller Kraft versucht hatte, tief in ihrem Unterbewusstsein zu vergraben.

Die schreckliche Nachricht vom Tod ihrer Eltern, die Polizei, die sie am College abgefangen hatte, um ihr von der Tragödie zu berichten, und der anschließende Horror der polizeilichen Ermittlung, der Unfallberichte und der Gerichtsverhandlung. Sie erinnerte sich mit plötzlicher Klarheit daran, dass Susanna Blake als Unfallverursacherin schuldig gesprochen wurde. Schuldig, ihre Eltern fahrlässig getötet zu haben. Die Tage der Verhandlung hatte Charlotte nur unter dem Einfluss von Beruhigungsmitteln überstanden, und vieles von dem, was damals passierte, war heute wie hinter einer Nebelschwade verborgen. Doch Whitaker riss gerade ein Loch in diese undurchsichtige Nebelwand. Schwitzend und von verzweifeltem Eifer ergriffen versuchte er seine Hände in Unschuld zu waschen, aber Charlotte erinnerte sich wieder. An die junge Frau, die an jenem schicksalhaften Junimorgen den Wagen gesteuert hatte, der auf der falschen Fahrbahnseite bei voller Fahrt in das Auto ihrer Eltern gekracht war. An die tränenüberströmte Zeugenaussage dieser bemitleidenswerten Frau, die aus tiefstem Herzen bedauerte, was geschehen war. Und daran, dass diese die Schuld ihrem

Beifahrer gab, der ihr in seinem Suff ins Lenkrad gegriffen hatte. Soweit sich Charlotte jetzt wieder erinnerte, hatte Miss Blake für den Mann gearbeitet und ihn nach einem ausschweifenden Geschäftstermin an diesem Morgen in einem Londoner Nobelclub abgeholt. Sie hatte nie nach dem Namen des ominösen Beifahrers gefragt – und ihn auch nie gehört.

Charlotte presste sich die Hände an die Schläfen. Sie zitterte am ganzen Leib und schüttelte den Kopf in dem Versuch, die bittere Wahrheit zu leugnen, die gerade auf sie einschlug. Weil die junge Frau im Auto ihres Vorgesetzten gefahren war, gab es keine Beweise für ihre Behauptung. Natürlich waren dessen Fingerabdrücke am Lenkrad *seines* Wagens, und alles andere hatte er vor Gericht bestritten. Da er unter starkem Alkoholeinfluss gestanden hatte, wurde er als schuldunfähig erklärt und das Verfahren gegen ihn eingestellt. Aber nun, da sie Whitaker gegenüberstand, las sie in seinen Augen die Schuld. Susanna Blake hatte die Wahrheit gesagt, dessen war sich Charlotte nun ganz sicher.

Sie spürte, wie sich ihr Magen verkrampfte. Sie schmeckte die bittere Galle, die ihr die Speiseröhre hochstieg, und stürmte gerade noch rechtzeitig aus dem Zimmer. Zitternd erbrach sie sich in den Papierkorb von Harrolds Sekretärin, nicht in der Lage, Whitaker auch nur noch einmal in die Augen zu sehen.

„Schicken Sie ihn weg!", bat sie die Sekretärin. „Ich verkaufe nicht!"

Eine gute Stunde später verließ Charlotte das Büro des Notars. Es war merkwürdig, dass ihr jetzt, zum Abschied, der schwächliche Händedruck beinahe willkommen war, denn für mehr hätte ihr die Kraft gefehlt. Sie fühlte sich noch immer schwach, als ein Taxi sie in Richtung Flughafen brachte. Der bittere Geschmack war selbst nach den zwei Tassen Earl Grey nicht verschwunden, die Harrolds Sekretärin ihr eingeflößt hatte, und noch nicht einmal das Zittern ließ nach. Sie wünschte, Francis wäre bei ihr, um sie zu trösten, aber sie hatte ihn nicht erreicht. Mister Harrold war sehr freundlich gewesen und hatte mit mehr Nachdruck, als sie diesem schmächtigen Mann zugetraut hätte, den erbosten Whitaker aus dem Büro komplimentiert. Nachdem er ihr eine Weile beruhigend zugeredet hatte, sprach er die Dinge an, die ihren Entschluss, Silvermoor vorerst nicht zu verkaufen, betrafen:

Sollte Mister O´Donnely weiterhin als Hausverwalter angestellt bleiben? Ja.

Würde sie die nötigen Arbeiten finanzieren, die zumindest die Instandhaltung betrafen? Ja.

Und sollten weiterhin Teile des Hauses zur persönlichen Benutzung im Rahmen der Anstellung als Verwalter für die O´Donnelys zur Verfügung stehen? Ja.

Charlotte hatte den Boden unter den Füßen verloren, aber eines wusste sie sicher. Matt würde sich um das kümmern, was ihr gerade am wichtigsten war: ihr Rückzugsort in Schottland. Sie wusste, ihr Entschluss würde eine riesige Diskussion, vielleicht sogar einen Streit mit Francis hervorrufen, aber wenn sie ihm erst erzählen würde, wer Whitaker war und was er getan hatte …, dann musste er ihr zustimmen.

Kapitel 15

London, einen Monat später

Charlotte verlor sich in der Betrachtung des *Nachtfalters*. Rory führte die letzten Kunden herum, da die Galerie bald schloss. Sie hörte ihn gelegentlich lachen. Die klimatisierte Kühle war angenehm, denn für Londoner Verhältnisse war es ein drückend heißer Sommertag gewesen. Sie wünschte sich die luftige Brise herbei, die in den Highlands selbst den wärmsten Tag erträglich machte. Wenn sie die Augen schloss, konnte sie diesen Lufthauch beinahe fühlen.

Seit einem Monat war sie aus Schottland zurück. Ihr Brautkleid war inzwischen fast fertig, die Planung weit vorangeschritten, und in einer Woche würde sie ihre Verlobung feiern. Aber schon in zwei Tagen würde hier in der Galerie die große Vernissage mit Werken aufstrebender Künstler veranstaltet. Charlotte hatte Tag und Nacht dafür gearbeitet. Sie konnte es kaum erwarten. Alles war, wie es sein sollte – nur hatte sie das Gefühl, dass etwas Wesentliches fehlte. Seit sie zurück in London war, hatte sie mehrfach mit dem Gedanken gespielt, sich selbst wieder eine Staffelei zuzulegen, aber als sie Francis von ihrer Idee erzählt hatte, hatte er das als unsinnig abgetan.

Nun folgte ihr Blick einem dunklen Strich auf dem Gemälde, und sie bewegte unbewusst ihre Hand so, als führte sie selbst den Pinsel über die Leinwand. Hier hätte sie etwas Gelb in das Grau gemischt, um das Licht auf dem

Flügel zu intensivieren …

Die Glocke über der Eingangstür meldete einen Besucher, und Charlotte riss sich von dem beeindruckenden Kunstwerk los. Sie strich sich über den Kopf und prüfte den Sitz ihres Haarknotens, ehe sie in den großen Empfangsbereich ging, um dem Gast mitzuteilen, dass die Galerie bereits geschlossen war.

„Matt?", rief sie überrascht, als sie den groß gewachsenen Schotten vor dem Tresen stehen sah. Er wandte sich zu ihr um, und sein Blick ließ sie beinahe stolpern. Er sah umwerfend aus. Zu ihrer Überraschung trug er einen dunklen Kilt und ein Hemd mit einer goldenen Clansbrosche. Er sah trotz seines üblichen Dreitagebartes ziemlich gut aus. Sie legte den Kopf schief und revidierte ihre Meinung: Er sah, wie sie zugeben musste, umwerfend aus!

„Miss Finnegan", grüßte er kühl, ohne jeden Funken Freundlichkeit. Er musterte sie, als sie näher kam, und Charlotte war froh über die sechs Pfund, die sie in den letzten Wochen abgenommen hatte. Sie wusste, sie sah gut aus, auch wenn es ihr egal sein sollte, was der Schotte von ihr dachte.

„Was tust du denn hier?", fragte sie verwundert und warf einen Blick über die Schulter, um sich zu vergewissern, dass Rory noch beschäftigt war. Sie zog Matt in einen der abgetrennten Bereiche, damit er durch das Schaufenster nicht zu sehen sein würde. Sie wollte keinen Ärger mit Francis aufkommen lassen, nachdem der Streit um Silvermoor endlich beendet war. Zu ihrem eigenen Erstaunen hatte sie sich gegen ihn durchgesetzt – und das schmeckte ihm nicht so richtig.

Matt studierte die Bilder, deren Farbvielfalt durch das direkte Licht noch verstärkt wurde, ehe er sie wieder ansah. „Ich konnte dich nicht erreichen, aye", erklärte er knapp. Erst jetzt bemerkte Charlotte das in Packpapier eingeschlagene flache Paket unter seinem Arm. „Aber ich habe etwas gefunden. Ich dachte, du willst es sehen."

„Was ist das?", fragte sie, aber ihr beschleunigter Herzschlag war ein Beweis, dass sie ahnte, was es war. „Ist das eines von Helens Bildern? Wo …?"

Obwohl er sich vorgenommen hatte, sich absolut distanziert zu zeigen, lächelte er, als ihr vor Aufregung das Blut in die Wangen schoss. Sie beugte sich über das Päckchen, und er sah den Puls an der Beuge ihres Halses schlagen. Einige wenige Härchen hatten sich in ihrem Nacken aus dem strengen Knoten gelöst, und er verspürte den Impuls, die Nadeln aus ihrem Haar zu ziehen, um auch den Rest der dunklen Strähnen zu befreien.

„Ich weiß nicht, ob Helen es gemalt hat, aber es war gut versteckt", erklärte er, während sie behutsam das Papier zurückschlug.

„Du meine Güte!", hauchte sie, als ihre Finger die Leinwand berührten. Er sah, wie sich Gänsehaut auf ihren Armen ausbreitete. „Ich glaube es nicht!"

Charlotte hob das Bild aus dem Umschlagpapier und trat damit ins Licht. „Hast du so etwas schon einmal gesehen?", fragte sie ehrfürchtig, ohne den Blick vom Gemälde zu nehmen. Sie erwartete keine Antwort, sondern kommentierte leise murmelnd jeden Pinselstrich.

„Ich dachte immer, sie malt nur Landschaften." Überrascht fuhr sie mit der Fingerspitze über die vielfarbigen abstrakten Muster, die Helen auf die Leinwand gebannt hatte.

Matt lachte leise, als er ihre Aufregung erkannte. Sie war wie berauscht von dem Werk. „Es gibt noch viele weitere –

aber ich habe mich nicht getraut, sie zu öffnen. Sie sind dick verpackt", erklärte er, unsicher, ob sie ihn überhaupt wahrnahm.

Sie hob den Blick. Ein fiebriger Glanz lag in ihren Augen, und sie sah so entrückt aus, als wäre sie eine ganze Nacht lang leidenschaftlich geliebt worden. Dass sie *ihn* so ansah, ließ ihn wünschen, es wäre genau so.

„Wo sind sie? Hast du sie dabei?"

Sie war so begeistert, dass es ihm leidtat, sie enttäuschen zu müssen. „Nein. Sie sind noch immer dort, wo ich sie gefunden habe. Ich wollte sie nicht beschädigen, aye?"

Sie sah ihn mit großen Augen an, und er hätte ihr am liebsten das Erstaunen von den Lippen geküsst, so verlockend war sie in diesem Moment.

„Wo hast du sie gefunden?"

„Ich habe das Dach des Pavillons fertiggestellt. Als ich damit fertig war, wollte ich das Parkett an den aufgequollenen Stellen austauschen. Dabei habe ich eine kaum erkennbare Falltür im Boden bemerkt. Dort unten lagern mindestens hundert Bilder – jedes fein säuberlich in Folie verpackt."

Charlotte schob ihre Finger unter den Dutt und massierte sich die Kopfhaut. „Das ist unfassbar! Ich glaube es nicht! Ich dachte, sie malt nur Landschaften … und dann so was! Ich habe noch nie etwas Vergleichbares gesehen!"

„Aye, gefällt es dir?", fragte Matt, denn obwohl auch er das Bild beeindruckend fand, verstand er doch nichts von Kunst.

„Gefallen? Du meine Güte, Matt! *Gefallen* ist gar kein Ausdruck! Es ist fantastisch! Es …" Wieder sah sie das Gemälde an und wischte sich eine Träne aus dem Augenwinkel. „… es ist zum Weinen schön!"

Die Glocke über der Tür klingelte, und Rory rief seinen Kunden Abschiedsworte hinterher. Darauf hatte Charlotte gewartet.

„Rory!“, rief sie und bat Matt mit einer Geste, sich kurz zu gedulden. „Kommst du mal bitte.“

Mit wiegenden Hüften leistete der Galerist ihrer Aufforderung Folge. „Was ist denn, Herzchen?“, trällerte er und zuckte zusammen, als er Matt bemerkte. „Schockschwerenot – wen haben wir denn da?“, fragte er begeistert und kam näher. Er versank in eine formvollendete Verbeugung und sah Charlotte vorwurfsvoll an. *Wie konntest du mir diesen Typ vorenthalten?*, schien sein Blick zu sagen.

„Ähh … Rory, das ist Matt, der … Hausverwalter des Anwesens, von dem ich dir erzählt habe. Matt, das ist Rory, ihm gehört die Galerie.“

Rory strich sich mit seinen golden schimmernden Fingernägeln das gestreifte Shirt glatt, das ihn zusammen mit der weiten Leinenhose, die er trug, beinahe wie einen Matrosen aussehen ließ. „Es ist mir ein außerordentliches Vergnügen!“, flötete er, und Charlotte konnte sich ein Grinsen kaum verkneifen. Rory zog Matt ja beinahe mit den Augen aus. Nicht, dass sie es ihm verübeln konnte, denn im Kilt wirkte er wie ein waschechter Hochlandschotte.

„Es wird dir ein noch viel größeres Vergnügen sein, wenn du erst siehst, was er mitgebracht hat.“

Sie zeigte ihm das Bild, und er bekam große Augen.

„Grundgütiger!“ Er fächelte sich Luft zu und trat näher. „Ausgezeichnete Arbeit! Nein, nein, das trifft es nicht. Was für eine unfassbare Arbeit, Herzchen! Ein visueller Orgasmus!“

Charlotte lachte, aber Matt sah aus, als wäre er am liebsten geflohen. „Es ist ein Werk meiner Tante Helen“, erklärte sie, und Rory riss die Augen noch ein Stück weiter auf. Seine perfekt gezupften Brauen verschwanden unter der in seine Stirn geföhnten Tolle.

„Du willst mich auf den Arm nehmen?"

Sie schüttelte den Kopf. „Nein, im Ernst. Helen hat es gemalt. Sie wollte ihr ganzes Leben lang niemandem ihre Gemälde zeigen. Hat sie sogar versteckt. Matt hat die Bilder gefunden."

„*Die* Bilder? Es gibt noch weitere? Herzchen, du killst mich!" Er fasste sich an die Stirn und taumelte einige Schritte zurück. Dann sah er den Schotten an und ergriff dessen Hand. „Kein Mann zuvor – hat mich je so glücklich gemacht!", beteuerte er und lächelte ihn selig an.

Charlotte schob Rory beiseite und zog Matt ein Stück in die Halle. Sie zitterte vor Aufregung. Der Anblick des Bildes hatte so viele Gefühle geweckt, dass sie noch immer um Fassung rang. Sie wollte Matt um den Hals fallen, weil er ihr dieses unglaubliche Geschenk gemacht hatte, und zugleich hatte sie Angst vor seiner Nähe.

„Matt, du weißt nicht, wie …" Sie schüttelte den Kopf, um nach den passenden Worten zu suchen. „Dieses Bild ist einmalig. Und Kunstkennern wäre es womöglich ein Vermögen wert!"

„Aye, dann ist es ja gut, dass ich es dir gebracht habe." Er tippte sich an die Stirn und machte Anstalten zu gehen. Ihre Finger auf seinem Arm hielten ihn zurück.

„Das ist es. Aber, ich … ich wollte dir noch sagen, dass es mir leidtut. Die Tage in Silvermoor waren … eine Extremsituation. Ich war unnötig schroff zu dir." Sie wurde rot, und doch zwang sie sich, ihm direkt in die Augen zu blicken. Er musste sie für genauso schlimm halten wie seine Exfreundin. Es war ihr unheimlich wichtig, diesen Eindruck zu revidieren.

„Mach dir keine Gedanken. Ist bestimmt besser so, aye? Aber ich war überrascht, zu erfahren, dass du Silvermoor nicht an Whitaker verkauft hast."

Sein Ton war kühl, wie auch seine Haltung. Seit er in die Galerie gekommen war, hatte er kaum gelächelt. Charlotte fühlte sich schlecht, denn es war so nett gewesen, sich ihm durch seine lockere Art verbunden zu fühlen.

„Warum wundert dich das? Wenn ich richtigliege, dann weißt du, was man ihm vorwirft."

Er kniff die Lippen zusammen. „Aye. Das weiß ich."

„Warum hast du mir dann nicht erzählt, dass er in den Unfall meiner Eltern verwickelt war?"

„Du kanntest ihn offensichtlich nicht – und ich wollte dir an diesem Tag einfach nicht noch mehr Kummer bereiten."

Er sah ihr tief in die Augen, und Charlottes Puls beschleunigte sich. Seine Besorgnis um sie rührte sie. Es fühlte sich gut an, so geborgen …

„Charlotte, Herzchen, ich habe eine grandiose Idee!", unterbrach Rory mit vor Euphorie glühenden Wangen. „Wir nehmen einige der Werke deiner Tante mit in die Ausstellung – was hältst du davon?"

Mit Bedauern im Blick wandte sie sich von Matt ab und versuchte, sich auf Rorys Idee zu konzentrieren.

„Die Vernissage ist in zwei Tagen! Wir müssten alles noch einmal umstellen – und wir kennen Helens andere Arbeiten nicht einmal", gab sie zu bedenken, auch wenn das Adrenalin ihr vor Aufregung durch die Adern rauschte. Helens Bilder in einer der größten Ausstellungen des Jahrzehnts! Gänsehaut überzog bei diesem Gedanken ihren Körper, und sie sah Matt aufgeregt an. „Wie sollen wir das so kurzfristig noch schaffen?" Ihre Gedanken überschlugen sich, und sie knabberte nervös an ihren Fingernägeln herum.

Auch Rory tigerte nachdenklich auf und ab. Er tippte sich

mit der goldenen Fingerspitze an die Lippe. „Du müsstest dir die Exponate natürlich zuerst ansehen!“, rief er aufgeregt und schritt eine Wand mit Gemälden ab, die er wohl im Geiste bereits neu arrangierte. „Raum für maximal zehn weitere Werke könnten wir unter Umständen schaffen.“

Charlotte schüttelte den Kopf. „Ich kann doch jetzt nicht so einfach nach Schottland fahren! Francis würde ausflippen“, warf sie ein.

„Du musst! Sieh dir doch das Bild an! Es ist unsere *Pflicht*, diese Schönheit mit der Welt zu teilen, Herzchen! *Unsere Pflicht!*“

Charlotte betrachtete noch einmal Helens Gemälde und spürte, wie ihr die Tränen in die Augen stiegen. Er hatte recht! Es war unvergleichlich, und sie mussten es mit der Welt teilen. Wie hatte ihre Tante diese Schönheit nur so lange verbergen können?

„Na schön – ich tue es. Aber ich werde vor Francis alle Schuld auf dich schieben! Ich werde ihn am besten gleich anrufen.“

Rory lach-grunzte und nickte euphorisch. „Mach das, Herzchen, mach das. Francis ist ein Gentleman – er wird sich zu benehmen wissen!“

Matts Schnauben entlockte dem Galeristen ein überraschtes Heben der Augenbrauen, ehe er sich mit einem wissenden Grinsen in einen der Sessel fallen ließ.

„So, so, dann hat unser lieber Francis also ein kleines Problem mit …“ Er musterte Matt genüsslich von Kopf bis Fuß. „… mit stattlichen Schotten.“

Charlotte beendete ihr Telefonat und kam zurück . Das Knirschen ihrer Zähne war so laut, dass sich Matts Nackenhaare aufstellten. Sie sah stocksauer aus. „Buchst du uns einen Flug, Rory? Ich geh nur schnell meine Sachen packen.“

„Du siehst nicht glücklich aus, Herzchen – geht es dir gut?"

Sie nickte knapp. „Alles bestens."

Matt begleitete sie zu ihrer Wohnung und wartete im Taxi, während sie nur kurz ihren Koffer holen wollte. Sie sperrte die Tür auf und war überrascht, Francis in der Küche vorzufinden.

„Francis? Was machst du denn hier?"

Er kam ihr ins Schlafzimmer nach und verschränkte mürrisch die Arme vor der Brust. „Ich versuche, dich zur Vernunft zu bringen, Charlotte. Du verhältst dich in letzter Zeit wirklich merkwürdig."

Sie ließ das Packen sein und sah ihn an. Nicht bereit, sich wie so oft die Schuld in die Schuhe schieben zu lassen. „Was genau meinst du?", fragte sie provozierend.

„Das weißt du. Seit der Beerdigung bist du kaum mehr wiederzuerkennen. Hat dir dieser Schotte etwa derart den Kopf verdreht, dass du jetzt schon wieder zu ihm musst? Dass du an dieser Bruchbude festhältst, die mehr Unterhalt verschlingen wird als eine Horde unehelicher Kinder?"

„Wie kannst du es wagen?", fauchte Charlotte. Dieses Mal verkniff sie sich das Zähneknirschen, denn Francis würde es als Schwäche werten. „Matt hat mir nicht den Kopf verdreht! Das ist Schwachsinn! Aber vielleicht hat er mir die Augen geöffnet!"

„Sieh an! Er hat dir also die Augen geöffnet! Wirklich? Darüber dass ein Schafhirte wie er es im Leben noch zu nichts gebracht hat außer einem Zimmer im Haus einer alten Frau? Und das auch noch zusammen mit seinem senilen Vater?"

Francis Stimme troff vor Ironie, und Charlotte wich entrüstet einen Schritt zurück. Sie hatte ihn noch nie so aggressiv erlebt. „Wo liegt dein Problem, Francis? Meine Reise nach Silvermoor hat nicht das Geringste mit Matt zu tun! Ich fliege für Rory und die Ausstellung!"

„Dass du mir so dreist ins Gesicht lügst, Charlotte! Wir wissen doch beide, dass deine Zeit in der Galerie abläuft. Du könntest es also einfach ablehnen, wenn es nicht genau das wäre, was du willst! Aber nein, da kommt dieser elende Schotte angeschneit, und schon packst du mir nichts, dir nichts deine Koffer!"

Charlotte schüttelte verwirrt den Kopf. „Was meinst du damit? Welche Zeit läuft ab?"

„Charlotte, ich bitte dich! Stell dich nicht dumm. Du weißt, dass du nach der Hochzeit nicht mehr arbeiten kannst. Was würden die Leute dazu sagen?"

„Fängst du jetzt wirklich wieder damit an? Ich dachte, das hätten wir längst besprochen. Ich will meine Arbeit nicht aufgeben!"

„Wir bekommen nicht immer, was wir wollen! Dafür werden wir heiraten." Er strich sich die Krawatte glatt und räusperte sich. „Und nun räum den Koffer weg und lass uns nicht streiten."

„Du willst, dass ich bleibe?", hakte sie nach. „Zu dumm, dass wir nicht immer bekommen, was wir wollen, nicht wahr, Francis?"

Damit stopfte sie einige Klamotten in den Koffer – diesmal in den kleinen – und verließ ohne ein weiteres Wort die Wohnung – Francis' kalten Blick im Rücken.

Kapitel 16

Silvermoor

Charlotte fühlte sich wie ein Kind an Weihnachten, als sie hinter Matt die Stufen zum Atelier hinaufstieg. Sie war so aufgeregt, dass ihre Hände schwitzten. Es war gut, dass sie im Flugzeug etwas Schlaf gefunden hatte, denn die Nacht war kurz gewesen, und sie hatte nicht vor, jetzt eine Pause zu machen. Die Zeit drängte, falls sie wirklich einige der Bilder in der Ausstellung präsentieren würden. Sie war froh, einen guten Grund zu haben, hier zu sein, denn es hing eine merkwürdige Stimmung in der Luft. Jeder wog genau ab, was er tat – oder sagte. Das Schweigen zwischen Matt und ihr war bedrückend, aber solange sie beschäftigt war, würde sie sich nicht mit dem auseinandersetzen müssen, was zwischen ihnen stand. Während der Fahrt von Inverness nach Silvermoor waren sie beide sehr still gewesen. Charlotte vermisste die Leichtigkeit ihrer früheren Unterhaltungen, aber deshalb war sie nicht hier.

„Ich habe alle Bilder vom Pavillon hierherauf gebracht", erklärte Matt und hielt ihr die Tür auf. Das späte Nachmittagslicht verlieh der Bergkette am Horizont einen goldenen Glanz, der sich warm durch das große Fenster bis ins Atelier ergoss und selbst den im Licht tanzenden Staub in flirrendes Gold verwandelte. Sofort fiel jede Aufregung von ihr ab. Der Geruch nach Farbe, die Stapel mit Leinwänden, die Matt im ganzen Raum verteilt hatte, und die

Vorfreude darauf, all diese Werke zu entdecken, nahmen sie komplett in Besitz. Der Streit mit Francis, London und selbst die Kluft, die zwischen dem Schotten und ihr herrschte, schienen meilenweit weg zu sein. Seit vielen Jahren war Charlotte sich des Gefühls, das sie in diesem Moment empfand, nicht mehr sicher gewesen. Glück!

Als sie ehrfürchtig eintrat und ihre Hände wahllos über einzelne der eingepackten Leinwände strichen, war sie glücklich. „Es sind so viele", flüsterte sie und wusste nicht, wo sie anfangen sollte.

„Aye."

„Wo soll ich nur beginnen?" Sie schüttelte den Kopf und grub sich die Fingernägel in die Kopfhaut unter ihrem Dutt. Sie konnte nicht denken, wenn ihre Haut so spannte.

Matt deutete auf das mit Folie und Papier eingeschlagene Bild vor ihr. „Warum fängst du nicht damit an?"

Er lächelte, und Charlotte war froh, dass er nicht mehr so abweisend wirkte wie noch in London. Zaghaft erwiderte sie das Lächeln und wischte sich die Handflächen an der Jeans ab.

„Schön. Warum nicht."

Sie atmete tief aus und schob ihre Finger unter den Klebebandstreifen, der die Folie verklebte. Sie löste ihn vorsichtig ab, und mit jedem Zentimeter, den sie das Bild weiter befreite, wuchs ihre Aufregung. Es war, als stünde Helen neben ihr und beobachtete ihre Reaktion. Die Folie glitt zu Boden, und Matt hob die Leinwand an, damit sie das Papier leichter ablösen konnte. Ehe sie die letzte Schicht anhob, sah sie ihm in die Augen.

Zärtlichkeit lag in seinem Blick und unendlich viel Geduld, als er ihr mit einem leichten Nicken Mut machte.

„Los geht's", flüsterte er, und seine Stimme ließ Charlotte zittern. Sie schob das Packpapier beiseite und hielt den Atem an.

„Du meine Güte!", stammelte sie begeistert und kniete sich vor die Leinwand. „Das ist doch nicht möglich! Wie konnte sie … das nur so lange vor der Welt verbergen? Ich … kann nicht fassen, dass …"

„Aye, ich weiß, was du meinst. Es berührt auf eine ungewohnte Weise – für ein Gemälde", gab Matt zu und rieb sich den Nacken.

„Genauso ist es! Spürst du die Kraft, die in dem Bild steckt? Es … es ist, als übertrüge sich diese Energie direkt auf den Betrachter! Wie hat sie das nur gemacht?"

Fasziniert studierte sie die abstrakte Strichführung, die Technik, mit der Helen hier vorgegangen war, aber sie kam nicht darauf, was es so besonders machte. Es sah aus, als wäre es aus einem schönen Traum geboren. Helle Farben und weiche Striche, die doch so viel Energie in sich trugen, dass man unwillkürlich einen Schritt näher trat, um diese in sich aufzunehmen.

„Wirst du es für die Vernissage auswählen?"

Charlotte zuckte mit den Schultern. „Ich weiß es nicht. Es ist fast noch besser als das Bild, das du in die Galerie gebracht hast. Ich kann das erst entscheiden, wenn ich alle gesehen habe."

„Aye, dann lass uns weitermachen." Er lehnte es an die Wand und reichte Charlotte ein anderes Paket. Das Spiel begann von Neuem. Er sah, wie sich ihr Puls beschleunigte, je weiter sie das Werk enthüllte, und konnte nicht umhin, sie in ihrem Erstaunen noch schöner zu finden als das wundervolle Kunstwerk, das sie ihnen offenbarte.

„Das ist doch verrückt, Matt! Sieh dir das an! Wenn das alles … wenn jedes dieser Bilder ähnlich gut wie dieses wäre – Helen hätte mit dem Verkauf ein Vermögen machen können!"

„Ich glaube nicht, dass sie sich gerne davon getrennt hätte", überlegte Matt laut und nahm das nächste Bild vom Stapel.

„Stimmt schon – aber doch nur, weil sie Angst hatte. Man braucht Mut, sich zu öffnen und die Dinge, die man beim Malen erschafft, herzuzeigen, weil sie ... intim sind. Während man malt – ist man eins mit dem Pinsel. Es ist wie ... eine Liebesbeziehung zwischen der Farbe, der Leinwand, dem Künstler – und natürlich dem Motiv. Aber mit diesen Werken hätte sie sich doch nicht zu verstecken brauchen!"

Er sah sie spöttisch an. „Das sagt ja die Richtige, aye?"

Sie sah ihn nachdenklich an. „Was meinst du?"

„Du tust Helens Angst, sich zu öffnen, so einfach ab, aber bist selbst der größte Schisser, den ich kenne. Du hast ja sogar Angst vor dir selbst."

„Und das glaubst du zu wissen, weil du so ein großer Frauenversteher bist, oder wie? Wenn das so ist, warum hast du dann nicht gemerkt, dass dich deine Freundin betrogen hat?" Schon als der Satz über ihre Lippen kam, bereute sie ihn. „Matt, es ..." Sie griff nach seiner Hand und sah ihn flehend an. „Es tut mir leid. Ich ... wollte nicht ..."

„Nein, du hast ja recht. Ich bin bei Weitem kein Frauenversteher. Aber ich erkenne, dass du dich hinter etwas versteckst, das dabei ist, dich zu erdrücken. Immer wieder sehe ich dich an und entdecke dabei kleine Stücke einer Frau, die ... die viel besser ist als das, was du dir erlaubst zu sein."

Charlotte schnaubte und befreite das nächste Bild schweigend aus seiner Schutzverpackung. Matts Worte machten sie nachdenklich, aber sie war nicht hier, um neue Erkenntnisse über ihr Leben zu finden. Der Anblick des nächsten Werkes ließ sie ihr Gespräch vergessen und einander in atemlosem Staunen ansehen. Helen hatte einen wahren Kunstschatz erschaffen.

Sie arbeiteten sich Seite an Seite durch die Gemälde. Ein jedes versetzte Charlotte in Begeisterung, und nicht nur einmal trieb ihr die Schönheit eines der Bilder die Tränen in die Augen. Sie wünschte so sehr, sie könnte Helen sagen, wie fantastisch ihre Arbeiten waren.

Als die Abenddämmerung hereinbrach, überraschte Jack sie mit einem Tablett voll Essen und einer Kanne Tee. Kittles folgte ihm und würdigte die Kunstwerke mit einem kurzen Maunzen, ehe sie sich schnurrend auf dem Sessel zusammenrollte.

„Ich dachte, ihr könntet eine Stärkung gebrauchen", erklärte der alte Mann und reichte Charlotte das Tablett. Dann ging er lächelnd durch die Bilderreihen. Charlotte wusste mit plötzlicher Klarheit, dass er ihre Tante geliebt haben musste. Sein Gesicht sprach Bände, und seine Augen glänzten vor unvergossenen Tränen.

„War sie nicht wundervoll?", fragte er leise, als wollte er die Geister der Vergangenheit nicht wecken.

„Das war sie, Jack. Es tut gut, zu wissen, dass sie Sie hatte", bekannte Charlotte und bedauerte umso mehr, sich nach dem Tod ihrer Eltern so abgeschottet zu haben. Sie hatte in ihrer Trauer und ihrem Schmerz einzig auf die Nähe zu Francis vertraut. Er war ihr Retter gewesen, als sie wie ein Blatt im Wind herumgewirbelt worden war, ohne Halt, ohne Wurzeln und ohne einen Stamm, an den sie sich lehnen konnte.

Weil jeder Platz von Leinwänden belagert war, setzte sich Jack zum Essen zu der schlafenden Kittles auf den Sessel, während Charlotte und Matt mit dem Boden vorliebnehmen mussten. Jack erzählte von dem Tag, an dem er das Versteck unter dem Pavillon fertiggestellt und Helen hoch und heilig versprochen hatte, nie ein Sterbenswörtchen darüber zu verlieren.

„Aber froh bin ich ja schon, dass ihr die Bilder jetzt gefunden habt. Mir hat das Herz geblutet, als ich dachte, ihre Werke wären vielleicht für immer verloren."

„Sie hätten es mir doch sagen können, als ich Sie gefragt habe", meinte Charlotte und trank ihre Tasse aus. Der Geschmack des Earl Grey war wie eine tröstliche Decke in einer eisigen Nacht. Sie wünschte, die Behaglichkeit die das heiße Getränk ihr schenkte, bewahren zu können.

„Helen mag tot sein, aber ich werde nie aufhören, an ihr festzuhalten. Also hielt ich auch an meinem Wort fest."

Diese simple Logik enthielt in Charlottes Augen so viel mehr Liebe und Romantik als jeder Heiratsantrag in einem Footballstadion – oder in einem Szenelokal vor Hunderten von Fremden, fügte sie im Geiste hinzu.

Sie beugte sich zu dem alten Mann hinüber, dem sie sich so verbunden fühlte, und küsste ihn sacht auf Wange. „So eine Art von Treue und Loyalität ist heute selten, Jack."

Verlegen hustete Jack und kam mit Mühe auf die Beine. Er sah etwas unsicher von Matt zu Charlotte und zur Tür. „Ja, nun … ich werde euch dann auch nicht länger aufhalten. Ihr habt ja noch einiges vor euch."

Charlotte lächelte ihn liebevoll an, als er zum Abschied nickte und leise die Tür hinter sich schloss.

„Er hat recht – wir haben noch eine ganze Menge vor uns. Wollen wir weitermachen?", fragte Matt und wischte sich einen Krümel vom Shirt, aber Charlotte schüttelte den Kopf.

„Nein, warte. Lass mir noch einen Moment. Das ist für mich sehr emotional. Ich bin so … unfassbar überrascht. Es kommt mir vor, als würden diese Gemälde … plötzlich alles verändern."

Sie stand auf und trat ans Fenster. Inzwischen war es dunkel geworden, und die Wolken hoben sich bläulich vom schwarzen Nachthimmel ab. Das nasse Gras verströmte einen kühlen, feuchten und so vertrauten Geruch, dass sie unwillkürlich das Bild ihrer Eltern vor sich sah. Wann immer sie Helen in Schottland besucht hatten, hatte es nur Glück und Liebe zwischen ihnen gegeben. Es waren unvergessliche Zeiten gewesen. Warum nur hatten ihre Eltern das Leben in London bevorzugt?

Das leise Rascheln hinter ihr zeigte, dass Matt ebenfalls aufgestanden war. Er kam näher, und sie spürte seine Wärme, ohne dass er sie berührte. Trotzdem war er ihr sehr nah. Sein Atem strich über ihre Wange, und sie schlang ihre Arme um sich, in dem Versuch, sich vorzumachen, er hielte sie fest.

„Ich weiß plötzlich nicht mehr, was ich will", flüsterte sie kaum hörbar und wandte sich zu ihm um.

Seine graublauen Augen glitten warm wie eine Liebkosung über ihr Gesicht und hefteten sich wie ein Versprechen an ihre Lippen. Um ihm nicht dieses winzige Stück entgegenzukommen und ihn zu küssen, redete sie weiter.

„Weißt du, Matt, ich … ich habe die Malerei immer geliebt. Schon als Kind. Sie ist ein Teil von mir, und ich habe so lange darauf verzichtet, dass ich mich heute frage, wie ich das ertragen konnte." Sie schüttelte den Kopf und zuckte hilflos mit den Schultern. „Zumindest hatte ich die Arbeit in der Galerie, aber Francis will, dass ich die aufgebe! Ich … glaube nicht, dass ich das kann! Mich in den Bildern zu verlieren, war wie eine Therapie nach dem Tod meiner Eltern. Wie eine Flucht aus der Realität. Ich brauche das." Sie sah ihn direkt an und lachte verzweifelt. „Ich knirsche mit den Zähnen, wenn mir etwas nicht gefällt, und ich träume mich in Bildern hinfort - jeden einzelnen Tag. Anscheinend mag ich mein Leben nicht sonderlich, oder?"

„Was würdest du denn ändern? Wenn du es könntest? Wenn du den Pinsel über die Leinwand deines Lebens führen könntest – was würdest du für ein Bild malen, Charly?"

Charlotte schauderte, so samtig klang seine Stimme. Er flüsterte ihren Namen und traf sie damit mitten ins Herz. Wie sie es vermisst hatte, ihn *Charly* sagen zu hören! Sie trat einen winzigen Schritt näher, sein Duft hieß sie willkommen, als sie zaghaft ihre Hände auf seine Brust legte.

„Ich will das alles hier nicht aufgeben, Matt", gestand sie, und ihr Blick schien Schottland, Silvermoor und die Malerei mit einzuschließen. Aber schloss es auch ihn mit ein? Matt bedeckte ihre Hände mit seinen und sah ihr tief in die Augen. Sie sah ängstlich aus, verletzlich, und er verspürte den unbändigen Wunsch, sie in seine Arme zu schließen und ihr Trost und Geborgenheit zu spenden.

„Aye, dann tu es nicht", hört er sich selbst sagen und wünschte zugleich, sie würde seinen Rat befolgen. Er wollte sie nicht wieder gehen lassen. Auch wenn es vielleicht ein Fehler war, das zuzugeben.

Er beugte sich über sie und registrierte erleichtert, wie sie sich an ihn lehnte. Als er seine Lippen auf ihre legte, schlang sie ihm die Hände um den Hals und kam ihm auf Zehenspitzen entgegen. Ihr Kuss war diesmal anders. Nicht scheu oder erschüttert, weil sie nicht wusste, was geschah – nein, dieses Mal war es ein echter Kuss. Sie erwiderte das Spiel seiner Zunge, erkundete seinen Mund und schenkte ihm kleine Laute der Verzückung, wenn er an ihren Lippen knabberte oder sich neckend zurückzog, um ihr die Führung zu überlassen. Sie hielt ihn fest, aber das war unnötig. Er hatte nicht vor aufzuhören. Er hob sie hoch und trug sie zum Sessel, in dem er ihr beim Malen zugesehen hatte, verscheuchte Kittles und zog sie auf seinen Schoß.

Charlotte streichelte sein Gesicht und genoss das Gefühl der Bartstoppeln unter ihren Fingern. Es war so echt, so männlich, dass sie ganz trunken wurde. Beinahe schwindelig vor Verlangen sank sie immer tiefer in seinen Kuss, verlor sich in den Liebkosungen seiner Hände, die ihre Taille umfassten und unter ihrem Shirt ihren Rücken hinaufglitten. Es waren starke, raue Hände, die ein Feuer in ihr entfachten, wie sie es nie zuvor erlebt hatte. Sie schmiegte sich an ihn und fuhr mit den Fingern durch sein Haar, wünschte sich, seinen Atem auf ihrer erhitzten Haut zu spüren – ohne die Kleidung, die ihr dies verwehrte. Matt umfasste ihren Rippenbogen, seine Fingerspitzen berührten ihre Brüste, und doch war es zu wenig. Sie wölbte sich ihm entgegen, ließ den Kopf in den Nacken fallen und stöhnte, als er ihrem Wunsch folgend ihren Hals und ihr Schlüsselbein mit Küssen übersäte.

„Matt!", flüsterte sie, und es klang wie eine Bitte. Sie hing an seinen breiten Schultern und genoss das Gefühl der Kraft unter ihren Händen. Er war so stark, dass es ihr beinahe Angst machte, aber zugleich gab er ihr das Gefühl absoluter Sicherheit.

„Ich will dich", hatte er vor Wochen gesagt – und nun wollte sie ihn.

Matts Erregung wuchs mit jedem Augenblick, den Charlotte seufzend auf seinem Schoß saß und seinen Namen flüsterte. Ihre Brüste hoben sich ihm entgegen, warteten auf seine

Berührung, und er wusste, wenn er seinem Verlangen, sie zu kosten, nachgab, würde er erst aufhören, wenn sie ihm ganz gehörte. Aber sie würde ihm nie ganz gehören! Und obwohl er sich wünschte, das in diesem Moment vergessen zu können, gelang es ihm nicht. Es war ein ernüchternder Schmerz, der gegen seine Erregung ankämpfte.

Charly krallte sich an ihn, ihre Küsse waren hungrig wie seine, und er fühlte ihr Herz unter seinen Fingern rasen. Zum Teufel, er wollte sie! Aber nicht nur in seinem Bett!

In seiner Schwäche strich er über ihren BH, fühlte die Fülle ihrer Brüste, die weich und zugleich fest in seinen Händen lagen, als wären sie nur für ihn gemacht.

Aber das waren sie nicht. Charlotte war verlobt.

Wütend auf sich selbst, auf sein Verlangen, das heiß in seinen Lenden pulsierte und das es ihm beinahe unmöglich machte, Charly von sich zu schieben, beendete er knurrend den Kuss. Schwer atmend fuhr er sich durch die Haare und rieb sich den Nacken. Charlottes Lippen glänzten feucht, und ihre harten Brustwarzen drängten sich deutlich sichtbar gegen ihr Shirt. Verwirrung spiegelte sich in ihren Augen, als er ihr Kinn anhob.

„Wir müssen aufhören, aye?", presste er hervor und wunderte sich dabei, woher er diese Selbstbeherrschung nahm, wo doch sein Körper in Flammen stand. Wo er sich doch nur zu nehmen brauchte, wonach er sich sehnte!

„Was?", stammelte sie, und ihre Verwirrung war so süß, dass er ihr einen letzten Kuss raubte.

„Charly, zum Teufel, du weißt, wie … wie gerne ich sehr viel mehr tun würde als das, aber …"

Ihre Augen wurden weit, und sie versteifte sich. Charlotte fuhr sich verlegen über die Haare und strich sich die losen Strähnen nach hinten. „Sicher! Was habe ich mir nur gedacht?" Sie schluckte und rang nach Fassung.

Ihre Wangen glühten, und Matt wollte nicht, dass sie bereute, was eben geschehen war. Also fasste er ihre Hände und hauchte einen Kuss auf ihre Fingerspitzen.

„Du bist eine tolle Frau, Charlotte. Aber du bist im Moment auf der Suche nach dir selbst. Ich will nichts tun, was du bereuen könntest. Ich will dich weder verletzen noch dein Gefühlschaos ausnutzen, aye?"

Ihre Augen glänzten, als ränge sie mit den Tränen und er liebkoste zärtlich ihre Wange.

„Warum küsst du mich nur immer?", fragte sie mit bebenden Lippen. Sie stand auf, strich sich über das Shirt und sah zu Boden, schien nicht zu wissen, wohin mit ihren Händen ... und ihren Augen.

„Ich werde dich nicht mehr küssen, Charly, ich schwöre es!"

Sie hob den Blick, und er konnte nicht anders, als verschmitzt zu zwinkern und sie leicht in die Seite zu stoßen. „Außer du bittest mich darum!"

Sie lächelte gezwungen, und obwohl er sah, dass sie schon jetzt Schuldgefühle plagten, griff sie nach seiner Hand. Es lag Bedauern in ihrem Blick, und sie verzog den Mundwinkel zu einer Grimasse.

„Du weißt, dass das nicht passieren wird?"

Matt zuckte mit den Schultern und fing an, das nächste Bild auszupacken.

„Wer weiß das schon? Frauen aus der Stadt sind meiner Erfahrung nach recht wankelmütige Geschöpfe, aye?"

Kapitel 17

London

Die Galerie war brechend voll. Der Pianist an seinem weißen Flügel verlieh der Ausstellung das passende Flair, der Champagner floss in Strömen.

Charlotte hatte die Hände hinter dem Rücken gefaltet und lauschte glücklich den Lobeshymnen der Besucher für Helens Werke. Alles, was Rang und Namen hatte, war an diesem Eröffnungsabend erschienen und feierte. Man hob sowohl die Werke als auch sich selbst mitsamt der glänzenden Roben und eleganten Anzüge in den Himmel. Kunstliebhaber aus ganz England hatten sich versammelt, und deren Meinung würde über den Wert der Gemälde bestimmen. Sie wünschte, Helen hätte das erleben können. Doch am Ende behielt ihre Tante wohl recht. Sie hatte immer behauptet, ein Künstler könne erst nach seinem Tod wahre Anerkennung finden.

Rorys Form der Anerkennung bestand darin, dass er beinahe ohnmächtig geworden wäre, als sie und Matt ihm die zehn ausgewählten Bilder gezeigt hatten. Nicht nur als Dank für seine Hilfe hatte der Galerist Matt an diesem Abend eingeladen, sondern sicher auch, weil er den Schotten so unbeschreiblich heiß fand.

„Schotten küssen besser", hatte Rory ihr zwinkernd erklärt - und gerade eben beobachtete Charlotte, wie er beiläufig seine Hand auf Matts Schulter legte und auf ihn einredete. Woher er das wohl wusste?

Sie hing noch immer dieser Frage nach, als sie den Anwalt Stanley Higgs in Begleitung einer unbekannten jungen Rothaarigen auf sich zusteuern sah. Sheryl hatte es wohl doch nicht in die *nächste Runde* geschafft. Das vermutete sie zumindest, da Higgs seine Hand vollkommen ungeniert auf dem kaum unter dem kurzen Rock verborgenen Hintern der Frau neben sich ruhen hatte.

„Miss Finnegan – was für ein Ort der Inspiration!", posaunte er lautstark und deutete grob auf einen ganzen Schwung von Bildern. „Ein leidenschaftlicher Erguss intimster Gedanken und Gefühle! Ich bin tief bewegt", erklärte er theatralisch, und Charlotte wusste, seine Show galt einzig seiner vollbusigen Freundin. Dabei war sicher der *kleine Higgs* in seiner Hose das Einzige, das tief bewegt einem *leidenschaftlichen Erguss* entgegenfieberte.

Ihre Wangen schmerzten, so sehr musste sie sich in der Gegenwart des schmierigen Anwalts zu einem Lächeln zwingen.

„Wie recht Sie haben, Mister Higgs. Ihr Geschmack …", sie musterte die Rothaarige, „ist wirklich erlesen. Spielen Sie mit dem Gedanken, eines der Exponate zu erwerben?"

Sie konnte nicht anders – sie musste herausfinden, welche Ausrede er ihr diesmal auftischen würde. Daher war sie völlig überrascht, als er nickte.

„Das tue ich in der Tat, Miss Finnegan. Ich konnte mich nur noch nicht entscheiden. Die Werke hier drüben sind in jedem Fall eine Investition wert. Von einer vollkommen unbekannten Künstlerin, wie ich hörte."

Sofort bereute Charlotte ihre bösen Gedanken und schluckte vor Rührung, als Higgs auf Helens Arbeiten deutete.

„Eine gute Wahl", presste sie ergriffen heraus und sah

dem ungleichen Paar nachdenklich hinterher. Sie war noch unentschlossen, was den Verkauf von Helens Bilder anging. Nach der Ausstellung würde sie das in Ruhe mit Rory besprechen, denn der hatte heute ohnehin nur Augen für Matt.

Schotten küssen besser, hallte es in ihrem Kopf wider, und unbewusst fasste sie sich an die Lippen, wo sie noch immer meinte, Matts Kuss zu spüren. So unrecht hatte Rory ja nicht. Charlotte knirschte mit den Zähnen und ärgerte sich über sich selbst. Sie sollte sich schämen! Ja wirklich, sie sollte sich für ihre Gedanken, aber noch viel mehr für den Moment der Zweisamkeit mit Matt schämen. Doch das gelang ihr irgendwie nicht so richtig. Es war nicht so, als wäre sie in den Schotten verliebt – vielmehr verliebte sie sich immer mehr in den Gedanken, einmal selbst eine Entscheidung zu treffen!

Finde dich selbst, Charly!, hatte er zu ihr gesagt und damit ihre so sicher geglaubte Existenz ins Wanken gebracht. Jedoch schien ihr der Schotte im Moment selbst in Not und unter der Aufmerksamkeit des Gastgebers immer weiter in sich zusammenzuschrumpfen. Vielleicht sollte sie ihn retten?

Mit einem Seitenblick auf Francis, dessen eisiger Blick sich aber in diesem Moment in Matts Rücken bohrte, verwarf sie die Idee wieder. Sie wollte an so einem wichtigen Tag für die Galerie keine Szene heraufbeschwören – und so wie Francis aussah, würde er wohl nicht erfreut darüber sein, sie in Matts Nähe zu sehen. Denn selbst Stig Langleys Gesellschaft schien ihn heute nicht aufzuheitern. Der führte gerade eine Art Fallrückzieher vor, was einigen Gästen ein bewunderndes Murmeln entlockte. Summer Day applaudierte und warf sich Stig um den Hals.

Als sich Charlotte und Francis Blicke trafen, trat er an ihre Seite und legte besitzergreifend seinen Arm um ihre Taille. Sie sah auf seine manikürten Finger hinab und fragte sich, was eigentlich nicht mit ihr stimmte. Es hätte eine zärtliche Berührung sein können, aber sie empfand es als einengend.

„Wie lange müssen wir noch bleiben, um der Höflichkeit Genüge zu tun?", fragte er leise und grüßte einen Bekannten, der an ihnen vorbeiflanierte.

Charlotte hob überrascht die Augenbrauen. „Was? Du willst schon gehen? Das … das ist die größte Vernissage der letzten Jahre – all diese Kunstwerke … man könnte Tage hier verbringen, ohne sich sattzusehen."

„Ich verstehe dennoch nicht, was wir noch länger hier sollen. Du kennst all diese Bilder – und mich kann man für solche Schmiererei nicht begeistern."

Charlotte kämpfte mit den Tränen. Seine Worte schmerzten sie mehr, als sie sich hatte vorstellen können. Wie konnte er diese Schönheit nicht sehen, wenn selbst der schmierige Stanley Higgs sie erkannte? Beinahe angewidert wich sie einen Schritt zurück, aber Francis packte ihre Hand.

„Nun tu nicht so! Nur weil du selbst nie aus dieser kindlichen Phase der Farbkastenpinselei herausgewachsen bist, kannst du doch nicht erwarten, dass jeder dieses Zeug für Kunst hält. Du siehst das alles doch durch den sentimentalen Schleier des Todes deiner Tante."

„Wie bitte?" Sie schnappte empört nach Luft und riss sich los. „*Sentimentaler Schleier*? *Farbkastenpinselei*? Ist das dein Ernst, Francis?"

Obwohl er ihren Ärger spüren musste, sah er sie nicht an, als er mit ihr sprach. Enttäuscht von seiner Gleichgültigkeit folgte sie seinem Blick. Stig gab Autogramme, während Summer ihren Busen in dem engen Kleid arrangierte. Francis' Augen ruhten auf der ausladenden Oberweite des Models.

„Es ist mein Ernst, Charlotte. Wenn es nicht Sentimentalität ist, was lässt dich dann so krampfhaft an diesem alten Anwesen festhalten? Warum hast du es nicht an Whitaker verkauft?"

„Weil Whitaker der letzte Mensch auf Erden ist, mit dem ich Geschäfte machen würde, Francis! Und nun tu du nicht so, als wüsstest du nicht, warum das so ist! Du kennst doch Whitaker – und hast es nicht für nötig gehalten, mir die Wahrheit zu sagen!"

Inzwischen drehten sich die Besucher nach ihnen um, denn ihr hitziges Gespräch wurde immer lauter. Auch Stig hatte seine Selbstdarstellung unterbrochen und starrte zu ihnen herüber.

„Und du glaubst, die Geschichten, die dieser dumme Bauer im Kilt dir auftischt, entsprechen der Wahrheit? Der will dich doch nur *vögeln*, Charlotte!"

Ein Murren ging durch die Menge. Stig schlug sich zu ihnen durch und klopfte Francis freundschaftlich auf die Schulter, während er ihm ein Glas Schampus in die Hand drückte. „Ganz ruhig, altes Haus!", versuchte er ihn zu beruhigen, als auch noch Rory mit Matt im Schlepptau dazustieß. Charlotte fühlte ihre Wangen glühen, und das Zittern ihres Körpers war sogar zu hören, als sie voll unterdrückter Wut zu sprechen anfing.

„Matt hat mir keine Geschichten aufgetischt! Das war überhaupt nicht nötig! Whitaker selbst hat mir alles erzählt – aber ich frage dich, warum *du* es nicht getan hast! Du hast mir sogar empfohlen, mich mit ihm einzulassen!"

Sie schrie, und alle hörten es. Das Piano verstummte mit einem schiefen Klimpern, und der Pianist erhob sich, um zu sehen, was da vor sich ging. Charlotte war es egal. Sie war zu zornig, um sich darum zu scheren. „Er war schuld am Unfall meiner Eltern, Francis!"

So in den Fokus der Menge gerückt, wollte dieser sein Gesicht wahren und schluckte eine impulsive Erwiderung hinunter. Stattdessen rückte er sich die Krawatte zurecht.

„Das Gericht gab Whitaker recht. Und Vater hat ihn aus dem Büro in London nach Inverness versetzt. Was willst du mehr?"

Charlotte taumelte, und nur Matts stützende Hand in ihrem Rücken verhinderte, dass sie fiel. „Er arbeitet für euch? Sag, dass das nicht stimmt, Francis!"

„In *Schottland*, Charlotte, in Schottland. Wir haben wegen dieser dummen Sache einen fähigen Mann quasi ins Exil geschickt, nur um dir Kummer zu ersparen! Natürlich fühlten wir uns alle gewissermaßen schuldig, aber wir haben uns nach dem Unfall sehr gut um dich gekümmert, das wirst du nicht leugnen können! Und hast du durch das Ganze nicht auch etwas gewonnen?"

„Dumme Sache? Du sprichst vom Tod meiner Eltern", kam es Charlotte tonlos über die blutleeren Lippen.

„Wir haben uns um dich gekümmert – es versucht wiedergutzumachen!", verteidigte sich Francis stur.

„Gekümmert?" Charlotte schloss die Augen, als könnte sie damit die Wirklichkeit leugnen und die Zeit stillstehen lassen. „Ihr habt euch um mich gekümmert?", presste sie kaum hörbar heraus. Mit einem Mal sah sie ihr Leben in einem vollkommen anderen Licht.

War es *kümmern* gewesen, als er sie vor sechs Jahren auf dem Campus angesprochen hatte, nur wenige Tage nach dem Unfall? War er nur freundlich gewesen, um zu sehen, welchen Schaden ihr angetrunkener Mitarbeiter verursacht hatte? Basierte ihre gesamte Beziehung nur auf einem Berg von Schuldgefühlen?

Francis griff nach ihrer Hand und senkte seine Stimme. „Charlotte – bitte sei vernünftig und lass uns das ein andermal besprechen. Dieser Disput rückt unsere Verlobung in ein ungünstiges Licht."

„Liebst du mich, Francis? Hast du mich je geliebt, oder war ich nur eine der vielen Verpflichtungen, die du für den Ruf deiner Familie erfüllt hast?" Sie sah Matt an und musste die Antwort auf eine ihr plötzlich unglaublich wichtige Frage erfahren: „Hast du mich jemals wirklich gewollt, Francis?"

Der sah sich um und weitete seinen Kragen. „Ich bitte dich! Das ist lächerlich! Ich führe ein solches Gespräch nicht in der Öffentlichkeit!"

Charlotte stieß seine Hand beiseite und sah ihn angewidert an. Er war ein Feigling – und er wich ihr aus. Dabei müsste es doch ganz einfach sein. Matt hatte es keine Probleme gemacht, ihr das zu sagen.

„Du hast mich in aller Öffentlichkeit um meine Hand gebeten – dann wirst du mir doch wohl auch sagen können, ob du mich liebst!"

Stig lachte und stieß Francis den Ellbogen in die Seite.

„Du hast dein Frauchen schlecht unter Kontrolle, altes Haus!"

„Ich werde dieses Spiel – was auch immer es ist – nicht mitspielen, Charlotte! Komm zur Vernunft, oder …"

„Oder?"

Er sah in die Gesichter der vor Neugier beinahe berstenden Galeriebesucher und tupfte sich den Schweiß von der Stirn, ehe er den Rücken durchbog und eine distanzierte Haltung einnahm. Er schwieg. Sein Blick zeigte sein Missfallen, aber das Gespräch war für ihn beendet. Charlotte kannte den Zug um seinen Mund und den verkniffenen Blick. Eine unterschwellige Warnung, die Sache jetzt auf sich beruhen zu lassen, aber hier – zwischen all den Gemälden ihrer Tante – wollte sie das nicht länger.

„Scheiße!", fluchte sie laut und atmete tief durch. Das tat gut. Vor allem, weil Francis große Augen machte und sie entsetzt ansah. „Ich will dir sagen, wie das Spiel heißt,

Francis! Scheiße, ja, das will ich!" Sie lachte und konnte nicht anders, als kurz zu Matt zu sehen. Der hatte zufrieden die Hände vor der Brust verschränkt und nickte ihr aufmunternd zu.

„Das Spiel heißt finde dich selbst, Charly – und je länger ich es spiele, umso deutlicher wird, dass eine der begehrtesten Hochzeitslocations von ganz London wieder frei sein wird! Denn weißt du was, Francis? Diese ganze verfluchte Scheiße hier ... die will ich nicht länger!"

Francis' Gesicht war puterrot angelaufen, und er sah aus, als würde er gleich einen ganzen Eimer Fischsuppe erbrechen. Die Menge verharrte in schweigender Erwartung - die Hoffnung auf einen handfesten Skandal wuchs mit jeder Sekunde.

Charlotte zitterte am ganzen Leib, und ihr Kiefer schmerzte, so fest biss sie die Zähne aufeinander. Sie hatte Angst, denn sie wusste, sie hatte gerade mit voller Absicht etwas zerstört, was wohl ohnehin nie richtig heil gewesen war.

Sie fühlte sich so frei wie der Nachtfalter, den sie so bewunderte, als sie hoch erhobenen Hauptes durch die Menge schritt und Francis Colewell, die Hochzeit und sechs vergeudete Jahre hinter sich ließ.

Kapitel 18

Schottland, zwei Monate später

Die Arbeit ließ Charlotte in Schweiß ausbrechen, und sie hob ihre offenen Haare an, um sich den Wind in den Nacken fahren zu lassen. Mit geschlossenen Augen hielt sie ihr Gesicht in den frischen Hochlandwind und genoss die kurze Pause.

Sie bückte sich nach den nächsten Holzlatten und nahm sich so viele, wie sie gerade noch tragen konnte. Ein Steinadler zog träge seine Kreise über ihr, und sein Ruf hallte weit bis zu den grauen Spitzen der Berge im Norden.

„Du solltest lieber zweimal gehen, Kindchen, ehe du dir den Rücken kaputt machst", warnte Jack, der ihr Tun von seinem Schaukelstuhl aus überwachte. Kittles schnurrte zufrieden in seinem Schoß und kniff in absoluter Entspannung ihre Augen zusammen. Sie drückte ihr Köpfchen fest gegen die liebkosende Hand.

Charlotte hob die Latten versuchsweise noch weiter an und lächelte dann zuversichtlich. „Keine Sorge. Das schaffe ich schon. Außerdem meckert Matt ohnehin, dass es ihm zu langsam geht. Er will endlich Feierabend machen."

„Wenn es ihm jetzt zu lange dauert, hätte er ja nur früher anfangen müssen", stellte Jack trocken fest.

Charlotte lachte und machte sich auf den Weg zur neuen Terrasse auf der Anhöhe hinter dem Haus. Sie waren beinahe fertig. Der Boden war verlegt, die Stufen zum

Aussichtspunkt in die Erde geschlagen und mit Steinplatten befestigt – und nun bauten sie das Geländer. Jedes Mal, wenn sie neue Latten brachte, freute sie sich über den Fortschritt. Sie sah hier bereits die jungen Künstler ihre Inspiration sammeln. Es gab dafür wohl kaum einen besseren Ort auf der Welt.

Der Himmel schien ihr hier viel näher als irgendwo sonst, die Luft war klar und frisch. Die Sonne verstärkte das saftige Grün der Hügel und ließ die verstreuten Felsen wie Silber glänzen. Das Wollgras bewegte sich sanft im Wind, als tanzten kleine, plüschige Elfen über den wogenden Gräsern. Es war reinste Magie – die nur durch Matts Hammerschläge gestört wurde. Doch komischerweise empfand sie es nicht einmal als störend, denn ihr Herz schlug im selben schnellen Takt.

Noch immer konnte sie kaum glauben, dass sie ihr Leben einfach selbst in die Hand genommen hatte, London und ihrer sicheren Zukunft den Rücken gekehrt und hierher nach Silvermoor gezogen war. Zum ersten Mal, seit dem Tod ihrer Eltern war sie allein. Und doch fühlte sie sich weniger einsam, als sie befürchtet hatte. Die Abende in ihrem Schlabberpulli und den Wollsocken waren ein Genuss, die Malerei eine heilende Therapie und die arbeitsreichen Tage im Freien wie ein Selbstfindungstrip. Sie hatte ihre Fingernägel geschnitten, ihren Dutt zum Teufel gejagt und aß zum Frühstück Eier, ohne diese danach sofort wieder abzutrainieren. Und doch fand sie sich selbst hübscher denn je. Lange Spaziergänge im Mondschein taten ihr gut und bekamen ihr viel besser als die morgendliche Folter von Dan, den sie kein bisschen vermisste.

Selbst ihr Kiefer hatte sich entspannt, und ihre Beißschiene lag ungenutzt auf dem Nachttisch. Einzig Matt brachte sie manchmal zum Zähneknirschen, obwohl sie ihm zugutehalten musste, dass er vollständig darauf verzichtete, sie schräg anzumachen. Im Gegenteil: Er war beängstigend charmant und schien begeistert, Helens Ideen unter ihrer Anleitung in die Tat umzusetzen.

Dankbar ließ sie sich von Matt die Stufen zur Terrasse hinaufhelfen und übergab ihm die Latten. Dann klopfte sie sich das Sägemehl vom Shirt und lehnte sich versuchsweise an das halb fertige Geländer.

„Es ist stabil …", versicherte ihr Matt und setzte die nächste Sprosse ein, „… und wäre längst fertig, wenn du nicht so trödeln würdest, aye?"

Er hob den Hammer und schlug die Nägel ins Holz. Charlotte beobachtete unauffällig seine kraftvollen Bewegungen. Seine muskulösen Arme waren zum Dahinschmelzen, und sie erinnerte sich daran, wie er sie durch den Regen getragen hatte, als wöge sie nicht mehr als die kleine Kittles.

Mit einem Seufzen lehnte sie sich ans Geländer und schloss die Augen. Nach dem unschönen Ende ihrer Beziehung mit Francis hatte sie sich oft die Frage gestellt, was sie von einem Mann erwartete. Was sie sich wünschte. Und ihr war klar geworden, was sie unter keinen Umständen mehr wollte: eine Beziehung die weder Hochs noch Tiefs hatte. Angenehm unaufregend – wie hatte ihr das nur je genug sein können? Außerdem wollte sie endlich Entscheidungen treffen und selbst über ihr Leben bestimmen. Silvermoor zu dem zu machen, was Helen sich erträumt hatte, war der erste Schritt in diese Richtung. Es war der erste Schritt auf *ihrem* Weg! Und das machte sie glücklich.

Matt schlug die letzte Latte an und kam dann zu ihr.

„Na? Zufrieden?" Er sah an ihr vorbei über die saftig grünen Hügel der Highlands. Das goldene Licht der langsam sinkenden Sonne ließ ihn die Augen zusammenkneifen, sodass kleine Fältchen in seinen Augenwinkeln entstanden, genauso, wie wenn er lachte.

„Sehr. Es ist einer der schönsten Orte des ganzen Anwesens."

„Aye, denkst du, da wir nun hier fertig sind, könnten wir zur Feier des Tages heute Abend zusammen essen?", fragte er und rieb sich den Nacken.

Charlotte steckte ihre Hände in die Hosentaschen ihrer Jeans und sah ihn eine Weile an. „Zur Feier des Tages?", fragte sie und versuchte zu vergessen, was für ein Tag heute war.

Er trat näher, und sie musste den Kopf in den Nacken legen, um ihm in die Augen sehen zu können. „Du weißt, warum. Ich denke nicht, dass du heute allein sein solltest."

Sie grinste schief. Hätte sie nicht während der Vernissage einen Skandal losgetreten, wäre sie wohl heute die Frau von Francis Colewell geworden. Ein Hochzeitstag, der keiner war. Eine Braut – einsam in der Weite des schottischen Hochlands, allein mit ihren Gefühlen.

„Fürchtest du, ich tue mir etwas an?", fragte sie ironisch.

Er strich ihr eine Strähne aus dem Gesicht, die der Wind immer wieder hinter ihrem Ohr hervorblies. Seine Berührung war sanft, aber nicht aufdringlich. Trotzdem hinterließ er ein Kribbeln wie von einem leichten Stromschlag.

„Nein." Er grinste verschmitzt. „Aber ich hatte gehofft, deine Schwäche ausnutzen zu können, um dir ein gemeinsames Abendessen abzuringen."

Charlotte lachte. „Und dann stellte sich heraus, dass ich keine Schwächen habe! Tja, und was nun, Schotte?"

Sie fühlte sich in seiner Nähe wohl, und vielleicht würde sie später wirklich in unsinnigen Gedanken versinken, wenn sie allein wäre. Den Abend mit Matt zu verbringen, war verlockend, obwohl sie ihm bisher – abgesehen von den Arbeiten am Haus – aus dem Weg gegangen war.

Seine Augen funkelten provozierend, und er stützte seine Hände links und rechts von ihr aufs Geländer.

„Vielleicht entwickelst du ja irgendwann eine Schwäche für *mich*, Charly?"

Seine Stimme war rau, und sie spürte die Spannung zwischen ihnen, obwohl sein Ton ganz locker rüberkam.

„Ich denke, eher nicht", foppte sie ihn und kicherte, als er entrüstet nach Luft schnappte. Dabei neigte er sich noch näher über sie.

„Aye, ich denke schon!", widersprach er und sah ihr tief in die Augen.

Charlotte wurde schwindelig, so eindringlich war sein Blick. Sein Atem auf ihren Lippen ließ sie schaudern. „Und was dann?", flüsterte sie. „Du machst doch einen großen Bogen um Städterinnen – wozu also der Aufwand?"

Er wickelte sich eine ihrer Locken um den Finger und hob ihre Hand an seine Lippen. Er schien zufrieden. „Kein Lack auf den Nägeln, kein Krönchen auf dem Kopf, ein Haus in den Highlands – du bist keine Städterin mehr, Charly."

„Dann steht einem Abendessen ja wohl nichts im Wege", bekannte sie atemlos. Seine Nähe verwirrte wieder einmal ihre Sinne, und sie hätte schreien mögen, als er sie freigab, ohne sie zu küssen, um sein Werkzeug einzusammeln. Er sah dabei ziemlich zufrieden aus. Während des gesamten Rückwegs grinste er und pfiff vor sich hin, sodass selbst Jack fragend die buschigen Augenbrauen hob.

„Haben wir einen Grund zu feiern?", fragte er, als Charlotte ihm aus dem Schaukelstuhl half.

„Matt kocht für uns – das ist doch ein Grund, oder?"

Der blieb stehen und drehte sich zu den beiden um. „Was? Für *uns alle*? Aye, um ehrlich zu sein … hatte ich mir das *etwas anders* vorgestellt – nichts gegen dich, Pa."

Jack lachte laut und klopfte seinem Sohn auf den Rücken. „Du wirst es wohl verkraften, einen alten Mann mit durchzufüttern, Junge. Du wirst es verkraften."

Charlotte zwinkerte Jack zu und grinste dann Matt frech an. In Gesellschaft dieser Kerle würde der Abend sicher mehr als nur nett werden. Sie hatte Matts Vater wirklich ins Herz geschlossen. Er war beinahe wie ein Großvater für sie. Zum Glück ging es ihm inzwischen gesundheitlich wieder besser.

Zusammen schlenderten sie zum Haus zurück, während die Sonne in ihrem Rücken den Himmel in ein leuchtendes Farbenmeer verwandelte.

„Rory hat das Letzte der zehn Bilder verkauft", berichtete Charlotte, ehe sie den Rest des Eintopfs mit einem Brötchen aus dem Teller wischte und sich in den Mund schob.

Jack legte seinen Löffel beiseite, lehnte sich entspannt zurück und faltete die Hände über seinem Bauch. „Helen kann stolz auf sich sein!", murmelte er mit einem Lächeln auf den Lippen.

„Das kann sie wirklich! Aber von mehr Bildern will ich mich einfach nicht trennen! Sie hat etwas so Vollkommenes geschaffen, dass ich mich schon jetzt wie ein Dieb fühle, weil ich diese zehn hergebe."

Matt stand auf und räumte den Tisch ab. Er wollte anscheinend die Unterhaltung nicht stören.

„Du tust das Richtige, Kindchen. Der Erlös der Gemälde rettet Silvermoor. Alle Reparaturen und der Umbau sind finanziert. Deine Tante wäre sehr glücklich, glaub mir das."

Charlotte neigte sich zu Jack hinüber und gab ihm einen Kuss auf die Wange, ehe sie lächelnd und voll Tatendrang ihren Stuhl zurückschob.

Jack hatte recht. Es war ihr Leben, und sie machte das Beste daraus. Ihr Blick wanderte zu Matt, der mit dem eingebrannten Rest im Topf kämpfte. Ganz bewusst lauschte sie auf die Gefühle, die sie bei diesem Anblick durchströmten. Ihr schneller Herzschlag, das Flattern in ihrem Magen und das Zittern ihrer Hände, als sie ihm diese auf die Schultern legte und sich zu ihm vorbeugte. Sein Haar kitzelte ihre Wange, als sie ihm ins Ohr flüsterte.

„Ich will dir etwas zeigen. Kommst du mit?"

In aller Ruhe wandte Matt sich zu ihr um und trocknete selenruhig den Topf zu Ende ab. Sein Blick ruhte auf ihren Lippen, was ein Kribbeln durch Charlottes Körper sandte. Er nickte, und sie ergriff seine Hand. Das wilde Trommeln ihres Herzens war wie das eines Teenagers, der zum ersten Mal verliebt war, als sie ihn durch die Halle zog. Er folgte ihr wortlos bis hinauf ins Atelier, aber ehe sie nach dem Lichtschalter greifen konnte, hielt er sie fest.

Nur der silberne Streifen Mondlicht erhellte den Raum.

„Wenn du mich ermutigst, Charly, kann ich für nichts garantieren", raunte er und zog sie eng an sich.

„Du hast gesagt, du wirst dich mir nicht mehr nähern – außer ich würde dich darum bitten", erinnerte ihn Charlotte streng, auch wenn ihr seine Worte einen wohligen Schauer über den Rücken jagten.

Er neigte den Kopf schief, als wöge er ihre Antwort ab.

„Aye, das stimmt – aber du und ich – hier oben – allein … ist das nicht vielleicht schon eine Bitte, Charly?"

Ihr Mund war trocken, als hätte sie einen Löffel Mehl gegessen, und sie hatte Mühe, sich nicht an ihren Worten zu verschlucken, so sehr beherrschte Matt all ihre Sinne. Sein Duft berauschte sie, und sie hätte sich gerne noch dichter an seine warme Brust gedrückt, während sie sich nichts sehnlicher wünschte, als seine Haut zu schmecken und seine

Lippen auf ihren zu spüren.

„Wenn ich dich bitte, Matt – dann wirst du es *verfluchtnoch mal* schon merken."

Er lachte und ließ sie das Licht anknipsen, ehe er ihr ins Atelier folgte. Wie beim letzten Mal schlenderte er zum Sessel und lümmelte sich in die Polster, während Charlotte eine Weile schweigend die Bilder ihrer Tante abschritt und hier und da liebevoll einzelne Linien nachfuhr.

„Geht es dir gut, Charly?", fragte er. Sein Blick folgte ihren Bewegungen.

Sie lächelte ihn an. Es war so leicht, mit ihm zu schweigen, dass sie manchmal Mühe hatte, mit ihm zu sprechen. So als wären Worte zwischen ihnen unnötig.

„Siehst du das nicht?"

„Aye, ich sehe, dass du gut aussiehst – aber vielleicht lenkt mich das davon ab, wie es in dir aussieht?"

„Gerade jetzt …" Charlotte lehnte sich mit dem Rücken an eines der Farbregale. „… geht es mir wirklich gut, Matt." Als sie ihm tief in die Augen sah, wusste sie, dass es stimmte. In seiner Nähe ging es ihr gut. Mehr als gut. Sie wischte sich die vor Aufregung feuchten Hände an der Jeans ab und versuchte sich zu beruhigen.

Angenehm unaufregend – das hatte sie ja schließlich nicht länger gewollt!

„Du wolltest mir etwas zeigen, Charly?", riss er sie aus ihren Gedanken.

Sie nickte und sah sich im Atelier um. „Richtig, aber zuerst muss das Licht stimmen. Es ist viel zu hell – es würde … die Wirkung zerstören." Um das Zittern ihrer Hände zu verbergen, griff sie sich die erste der Kerzen, die sie vorbereitet hatte, entzündete sie und stellte sie in ein leeres Farbglas. „Das Licht ist außerordentlich wichtig", erklärte sie sachlich, als spräche sie mit einem Besucher in der Galerie.

Matt erhob sich und nahm ihr einige Kerzen ab.

„Kann ich dir helfen?"

„Sicher. Wir müssen sie alle anzünden." Sie deutete auf die restlichen Gläser, die überall im Atelier verteilt waren.

Es schien eine Ewigkeit zu dauern, bis sämtliche Kerzen brannten, und als sie nun Matt ansah, der am Schalter auf ihr Zeichen wartete, um das Licht auszumachen, stand für einen Moment die Welt still.

Schwach strömte der Atem aus ihrer Brust, als sie bemerkte, dass sie die Luft angehalten hatte.

Sie nickte, und der Raum erstrahlte im warmen goldenen Licht der vielen Flammen.

„Perfekt", hauchte sie, als Matt wieder bei ihr war. Er kam an ihre Seite, und seine Finger streiften ihre – zart wie eine Feder. Sie kam seiner Berührung entgegen und nahm seine Hand. Sie wusste, er spürte ihren fliegenden Puls an ihrem Handgelenk und sah die Angst in ihren Augen. Trotzdem trat sie noch näher an ihn heran.

„Du musst mir helfen", flüsterte sie, als würde jedes laute Wort das Haus zum Einsturz bringen. „Kannst du dieses Bild auf die Staffelei heben?"

Matt tat, worum sie ihn gebeten hatte, auch wenn ihr klar war, dass er anderes im Sinn hatte, als Bilder anzusehen. Doch das war wichtig!

„Danke."

Plötzlich schüchtern wusste sie nicht, was sie sagen sollte. Sie biss die Zähne zusammen, bis sie seine Hand an ihrem Rücken spürte. Er strich über ihre Wirbelsäule und ließ seine Finger bis zwischen ihre Schultern wandern. Zärtlich massierte er ihren Nacken.

„Weißt du noch, als wir über Ängste gesprochen haben? Über den Mut, sich zu öffnen und das zu zeigen, was man erschaffen hat? Weil es so persönlich ist – und mit Liebe zu tun hat."

„Aye, du hast gesagt, eine Liebesbeziehung zwischen dem Maler und der Farbe – war es nicht so?"

Sie nickte. „Ja, so ist es. Es ist eine Liebe zwischen dem Maler, der Farbe, der Leinwand … und dem Motiv." Sie sah ihn an und wusste, dass sich ihm all ihre Ängste in ihrem Blick offenbarten.

„Bitte zeig es mir nur– wenn du es wirklich mit mir teilen willst. Du musst mir nichts beweisen."

Charlottes Herz machte einen Satz. *Wenn du es mit mir teilen willst* – und wie sie das wollte. Sie wollte alles mit ihm teilen, einfach weil er darum bat, ohne es sich zu nehmen! Er ließ sie sein, wer immer sie sein wollte!

„Du hast mich gefragt, wie mein Leben aussähe, wenn ich es mir erschaffen könnte wie ein Gemälde auf Leinwand", setzte sie an und sah ihm in die Augen. Sie lächelten.

„Aye, ich erinnere mich. Und hast du es gemacht? Ein Bild deines Lebens gemalt, meine ich?"

Sie nickte. „Ja, aber mir wurde erst in den letzten Tagen klar, dass ich es schon vor vielen Wochen gemalt hatte." Sie zog das Tuch von der Staffelei und enthüllte das Bild.

Ihre Knie zitterten, und sie starb beinahe vor Angst, aber Matt schien das zu spüren, denn er trat hinter sie und zog sie in seine Arme. Er hielt sie fest, ohne den Blick von der Leinwand zu nehmen. Schließlich flüsterte er in ihr Ohr: „Bist du sicher, dass es das ist, was du willst?"

Sie brachte kaum ein schwaches Nicken zustande, so nervös war sie. „Ich will dich", hauchte sie und drückte seine Hand. Sie folgte seinem Blick und betrachtete ihr Werk: Matt, mit geschlossenen Lidern, schlafend in diesem Sessel. Der Mann, in den sie sich gegen alle Vernunft verliebt hatte. Der fluchende Schotte ohne Manieren – der ihr die Augen geöffnet hatte.

„Ist das eine Bitte, Charly?", fragte er und drehte sie um, sodass sie ihn ansehen konnte. Ihre Beine berührten seine, und seine Hände lagen frech auf ihrem Po.

Sie lachte, und es war wie eine Befreiung. Sie fühlte seinen Herzschlag unter ihren Fingern, und aus seinen Augen sprach seine Zuneigung.

„Verdammt nein!", kicherte sie und vergrub ihr Lachen an seinem Shirt, ehe sie ihn wieder ansah und den Kopf zurücklegte. Sie leckte sich über die Lippen und genoss diesmal selbst die Röte, die ihre Wangen überzog. „Weißt du nicht, wie eine Bitte klingt?"

Er schmunzelte und ließ seine Lippen ganz zart über ihre wandern. Es war kein Kuss und doch so herrlich, dass Charlotte sich seufzend an seine Brust sinken ließ und ihm die Hände in den Nacken schob.

„Wie denn?", fragte er, und sein Atem versengte ihre Haut.

Sie stellte sich auf die Zehenspitzen und sah ihm tief in die blaugrauen Augen, die so schön wie der schottische Himmel waren.

„Küss mich, Schotte!", bat sie und hob ihm ihre Lippen entgegen. „Bitte küss mich von nun an jeden Tag!"

Emily Bold wurde 1980 in Mittelfranken geboren, wo sie auch heute noch mit ihrem Mann und ihren beiden Töchtern lebt. Sie schreibt Romane für Erwachsene und Jugendliche und blickt mittlerweile auf fünfundzwanzig deutschsprachige sowie acht englischsprachige Bücher und Novellen zurück, die den Lesern viele romantische Stunden, und Emily eine begeisterte Leserschaft beschert haben. Roman Nr. 26 und 27 – zwei Jugendbücher – erscheinen im Frühjahr 2018.

Emily freut sich über Post von ihren Lesern - schreiben Sie ihr: kontakt@emilybold.de oder besuchen Sie Emily auf ihrer Homepage: emilybold.de und thecurse.de.

Werden Sie Fan bei Facebook und folgen Sie Emily auf Instagram:

facebook.com/emilybold.de
instagram.com/emily.bold

Der Duft von Pinienkernen

Karin und Greta haben schon immer alles zusammengemacht. Sie betreiben gemeinsam eine Nudelbar in München. Doch dann begeht Greta einen unverzeihlichen Fehler, und es kommt zum Bruch mit Katrin. Alles ist verloren: die gemeinsame Wohnung, die Bar, die Freundschaft. Greta bleibt nur ein Weg: Sie muss ihr altes Leben hinter sich lassen.

Mit dem Kochbuch ihrer verstorbenen Großmutter Vittoria im Gepäck geht sie auf eine Reise quer durch Italien. Zwischen engen Gassen und weiten Hügeln sucht Greta nach sich selbst — und den besten Rezepten von Venedig bis Neapel. Unter der Sonne Apuliens wagt sie einen letzten Versuch, ihre Freundschaft zu Katrin zu retten. Und sie muss lernen, ihr Herz für die Liebe zu öffnen.

Der Duft von Pinienkernen (Ullstein Verlag)
ISBN-13: 978-3548289083

Buch kaufen:

Fan werden! facebook.com/emilybold.de